"智多星管小正"青少年系列法治安全小说　第二辑

隐秘的假面人

解淑平／著

天地出版社 | TIANDI PRESS

图书在版编目（CIP）数据

隐秘的假面人 / 解淑平著 . —成都：天地出版社，
2021.5（2022.3 重印）
（"智多星管小正"青少年系列法治安全小说 . 第二
辑）
ISBN 978-7-5455-6279-8

Ⅰ . ①隐… Ⅱ . ①解… Ⅲ . ①长篇小说—中国—当代
Ⅳ . ① I247.5

中国版本图书馆 CIP 数据核字（2021）第 028396 号

YINMI DE JIAMIAN REN

隐秘的假面人

出 品 人　杨　政
作　　者　解淑平
责任编辑　李红珍　江秀伟
装帧设计　宋双成
责任印制　董建臣

出版发行　天地出版社
　　　　　（成都市槐树街 2 号　邮政编码：610014）
　　　　　（北京市方庄芳群园 3 区 3 号　邮政编码：100078）
网　　址　http://www.tiandiph.com
电子邮箱　tianditg@163.com
经　　销　新华文轩出版传媒股份有限公司
印　　刷　三河市兴国印务有限公司
版　　次　2021 年 5 月第 1 版
印　　次　2022 年 3 月第 4 次印刷
开　　本　710mm×1000mm　1/16
印　　张　8
字　　数　128 千
定　　价　19.80 元
书　　号　ISBN 978-7-5455-6279-8

序

在小·说中播撒法治的种子

2019 年 6 月，"智多星管小正"青少年系列法治安全小说的第一辑出版，包括《人贩子来了》《爷爷家里的陌生人》《少年谍中谍》《地下室里的火药味》四本。

为什么要创作法治安全小说？这是因为我在青少年法治教育工作中发现，法治安全事件和问题的发生与青少年法治意识和规则意识淡薄有着密切的关系。

我观看了多场青少年法治演讲大赛，小选手们的演讲声情并茂，然而他们的演讲稿有的却经不起推敲，比如："小时候，我以为法离我很遥远，长大后，我发现法就在我的身边……""妈妈说，法是明媚的阳光。老师说，法是安全的外套。"我不禁要问，这些话真的是孩子们自己想出来的吗？听起来那么成人腔，那么不真实！

我阅读了大量写给青少年看的法治安全图书，这些书讲法条讲概念讲知识的内容很多，写作的初衷是很好的，但我想，如果让认知的过程更加符合青少年的成长规律会不会更有效果呢？如果我能通过小说的形式讲述法治安全故事，如果我有能力在小说中播撒法治的种子，让青少年尊法、学法、守法、用法，让孩子们学会自救自护，那必定是一件很有意义的事。接下来，我大胆地构思起青少年法治安全小说。是的，我是一个行动派。事实证明，我的大胆行动是非常有必要的。图书出版后，反响比较热烈。于是我又创作了第二辑。

我希望读者在阅读这套书的时候，能够化身其中，跟着跌宕起伏的情节去想象去思考；我希望当孩子们再谈起法治安全的时候，能跟自己的所见所闻联系起来，也就是从细微的生活着手，能够发自内心地侃侃而谈。我想，那时，法治才是真的走进了青少年心里。

有人会问，我怎样才能从细微的生活中联系到法呢？我的回答是：请用你的眼睛用心观察，请用你的耳朵仔细倾听，请用你的心灵好好品味生活吧。因为"智多星管小正"第一辑里的很多故事就是来源于生活的，第二辑更加贴近生活。

比如，《隐秘的假面人》。骗子们很狡猾，他们能男扮女装，也能女扮男装。他们一会儿化身外卖员，说有个外卖忘拿了，让你跟着去取；一会儿把头发弄成波浪卷儿，说自己迷路了，求你帮忙带路。当把孩子拐走后，人们去寻找时，他的头发已经变成了板寸……

比如，《最损团友》。小金毛在现实中确有其人，她是我在国外旅行时认识的旅行团中的一员。天渐渐暗下来的傍晚，当我在异国他乡陪着她们上街买东西，跟她说大家出门要离得近一点时，她竟然不知道为什么；当我跟她说黑灯瞎火的不安全，不要为了买一个包而冒风险时，她竟跟我说在小店里买能省几十块钱；当我问她安全和省钱哪个重要时，她竟然说两个都重要……对这一切，她的奶奶却不敢劝阻，因为她在家里蛮横成性，于是我对小金毛和她的奶奶进行了小说式的创作加工……

比如，《天降飞瓶》。我在国外旅行时就遇到过一个外国孩子连续两次从高处往下扔矿泉水瓶的事。那个男孩脸上的无知和"无畏"令我十分吃惊，和他同行的家长和几个孩子在插队时表现得蛮横无理，这让我非常担忧。在我国，高空抛物、坠物致人伤亡事件时有发生，相关法律也对高空抛物、坠物进行了规制。特别是 2019 年 11 月 14 日，最高人民法院出台《关于依法妥善审理高空抛物、坠物案件的意见》，《意见》为有效预防和惩治高空抛物、坠物，拟定了具体措施，其中明确规定高空抛物最高可按故意杀人罪论处。2020 年 5 月 28 日，第十三届全国人大三次会议表决通过了《中华人民共和国民法典》。这部《民法典》自 2021 年 1 月 1 日起施行。《民法典》回应了民众热议的问题，对高空抛物坠物"零容忍"。还有 2021 年 3 月 1 日起生效的《中华人民共和国刑法修正案（十一）》，第二百九十一条规定：从建筑物或者其他高空抛掷物品，情节严重的，处一年以下有期徒刑、拘役或者管制，并处或者单处罚金。有前款行为，同时构成其他犯罪的，依照处罚较重的规定定罪处罚。这些法律法规都为我们"头顶上的安全"戴上了最有效的"安全帽"。

比如，《拯救猫头鹰》。猫头鹰是鸟类，它们昼伏夜出，捕捉老鼠。在我的家乡山东高密的一个农场里偶尔会看到猫头鹰，它们自由地生活着，没有人去打扰。然而，还是有人听信了偏方，抓猫头鹰来治病……

比如，《寻找老寿星》。银杏树被称为"活化石"，为国家一级保护植物，存活了数百年的银杏树更是特别珍贵，有的甚至被保护起来，有着不可估量的生态价值和科研价值。然而在利益驱使下，有人偷了张老二家的老寿星——银杏树。为什么要偷银杏树？据说，银杏木做砧板特别好，它有弹性，不翘不裂，不变形，富含油脂，不吸水，不吸鱼肉腥味，耐腐蚀性较强……难道是砧板厂老板偷的？……

比如，《谁偷走了指环》。学校要举行最美教室评选，哪个班都想得第一，但李乒乓和李乒乓的爸爸为了让（2）班得第一，竟然想出请保洁给（2）班打扫卫生的办法，被班主任戴老师严词拒绝了。在评比中所有作弊的也都被取消了参赛资格。想不到的是，在打扫卫生期间，李乒乓的指环不见了！他认为是李乓乓偷走的，因为李乓乓喜欢这个指环。到底是谁偷的呢？对了，那只叫阳阳的小鸟，它就生活在我住的小区，它曾飞到我的肩膀上驻足，它曾一步一跳地靠近我，看看我手里有没有食物可以吃，它听到我的呼唤总会呼啦啦飞过来，这是人与动物和谐共生的写照……

比如，《天价白菜》。一棵白菜60块钱，这可是曾经发生过的真事……

第二辑的小说涉及生活多个方面的内容，故事里有些大人做出了不道德的甚至涉嫌违法的行为。小读者可能会提出疑问，大人不是告诉我们要遵守各种规章制度吗，怎么大人还带头违法呢？

是的。生活中，大人告诉孩子不能闯红灯，但有的大人却带头闯红灯，孩子拉着大人的手说红灯亮了别走，却被大人拽向马路对面。生活中，大人常说要讲诚信，可是考试时有大人嘱咐孩子，要是旁边坐着学习好的同学就抄一抄，能抄一分是一分。生活中，大人说要守规矩，可是有的大人图省事带着孩子爬栏杆……

如果你是小读者，你是不是很不能理解这些不好的做法？听我说，无论在新闻里还是在生活中，正面的消息占了大多数，做出不良行为的大人毕竟是少数，这需要你去帮助他们，提高他们的法治意识和道德水平。

如果你是大读者，你想想，是不是偶尔也有过这样的行为？听我说，请做出一个大人该有的样子，以身作则：不道德的事不想，不合规的事不碰，违法的事不做。只有让你的孩子在一个遵守规则的家庭环境中成长，将来他才会成为一个有底线的人，才会成为一个尊崇公序良俗的人。

"智多星管小正"青少年系列法治安全小说里写的都是有惊无险的"差点儿"的故事，相对来说"过于理想主义"。我之所以这么创作，其实就是想让大人们更加强烈地认识到事先预防比事后补救更重要，让孩子们去想象如果事情发生在自己身上，应该怎么想办法解决，让孩子们学会主动规避危险，掌握自救的本领，具备应对各种突发事件的能力。因为生命经不起意外。

我在第一辑的序里写到"愿你们都能拥有一颗勇于乘风破浪的心"。要想孩子们拥有乘风破浪的心，就需要家庭、学校和社会合力配合，全方位育人，培养他们独立生活和解决问题的能力，对他们"放手"而不撒手。

我们的社会正在发展，有诸多地方需要完善和改进，大人们可能更愿意把正面的信息传递给孩子，但其实一些负面的事件也无须完全回避，可以适当地与孩子一起探讨负面事件背后的因素及解决的办法。因为，孩子们终究要长大，他们终究要学着辩证思考，探究所处的这个世界，解开心中的疑惑。用发展的眼光从不同的角度看待问题，才能真正拥有一颗勇于乘风破浪的心。

"智多星管小正"青少年系列法治安全小说的第一辑图书在出版过程中得到了教育、法律、媒体等各界专家学者的支持和关心，图书出版后受到读者们的喜欢，还有教师告诉我，该系列小说是《道德与法治》学科的有益的课外拓展读本，这些都将成为我继续创作的动力。在第二辑图书出版之际，郑重地向朱永新先生、李希贵先生、王俊成先生、田思源先生、袁治杰先生、曹鎏女士等专家前辈表达诚挚的敬意，感谢你们对我的扶持和抬爱；感谢赵辉女士、王兰涛女士对我的帮助和支持；感谢中国美协漫画艺委会秘书长、知名漫画家王立军先生掌镜，将真实自然的我展现在读者面前；感谢出版社和幕后工作人员，是你们精益求精的态度让我的作品更好地呈现在读者面前。然而，我十分清楚的是，无论如何修正，读者们总能在书中找到一些纰漏，我也希望收获更多的评论和反馈，未来写出更多更有意义的图书。

最后，感谢家人和朋友们的理解和陪伴，感谢我自己的坚持。

何泂平

目 录

主角档案

姓名：管小正
出生地：北京
年龄：12岁
理想：当个大侦探
口头禅：这里面一定有问题。

姓名：小麦
出生地：马儿多农场
年龄：13岁
理想：还没想好
口头禅：看来又有大任务啦！

姓名：小米
出生地：马儿多农场
年龄：16岁
理想：成为美食家
口头禅：这你就不懂了。

姓名：然鹅
出生地：某水畔
年龄：不详
口头禅：克噜——克哩——克哩

第一章　智擒盗墓贼

1

炎炎夏日，在马儿多河钓鱼的孩子多了起来，大日头底下拿着长竿子在树与树之间穿梭着粘知了的孩子也多了起来。管小正琢磨，也许知了被粘怕了，也被吓出经验了，所以才会越来越难粘，他的"战利品"也越来越少。

那天从十里栏赶集回来的路上，管小正沿途听到马儿多农场北面、马儿多河南岸的水塔周围知了叫得特别欢，他猜测树林里一定聚集了很多知了。

这座圆柱形的水塔有二十多米高，四周是用红砖砌起来的，顶端用水泥抹匀了，像戴了顶太阳帽。据爷爷回忆，这座水塔有几十个年头了，当时是为了蓄水用的，曾经为马儿多农场立下了汗马功劳。时过境迁，人们为了纪念过往的历史，把它留了下来。为了防止孩子们出入水塔爬上爬下，人们在四周种了片小小的杨树林，还用铁栅栏把杨树林圈了起来。

　　管小正远远地打量着水塔，他想若是有一天能到小树林里粘知了，像他这样的"神粘手"，用不了一个小时，定能粘满一布袋子。他越想心里越痒痒，恨不能插上翅膀飞到杨树林里。可是，爷爷警告他，水塔是保护建筑，又年久失修，不经过批准是不能靠近的；再说，他粘那么多知了有什么用？何必大夏天到太阳底下把自己浑身上下晒成"黑地瓜蛋"呢？但管小正还是一溜烟跑向杨树

林，虽然他不吃知了，但看着粘了那么多知了，他心里有股说不出的高兴。再说，他粘知了也确实不是为了吃，他自有用处。

管小正右手撑着脑袋，食指和中指不时地触碰着脸颊。他惦记着水塔周围的知了，但那片杨树林被栅栏圈起来了，除非谁有本事插上翅膀飞进去。

"算了，你还是别进去了，没准有蟒蛇呢。"小米劝道。

"咱们这儿就算有蟒蛇，也是没有毒的。"管小正回应道。

"你怎么知道的？"小麦好奇地问。

管小正回了个鄙视的表情："那当然，毒蛇一般生活在我国南方，北方相对较少。"

"还是小心点儿的好。"小麦小声道。

"我要警告你，小树林很少有人去，而且有蛇鼠出没，你最好老实点儿。"管小正几次三番背着小米和小麦溜出去，可没少惹事，小米一想起这些就心慌。

管小正见这姐妹俩一唱一和，只好不耐烦地回了句："知道了。"

2

小米和小麦都怕晒黑，她俩是不会陪管小正粘知了的，陪他在

夏日里外出的只有然鹅。他给然鹅喝足了水，才带它出门。

他要带它去马儿多河钓鱼。在去马儿多河之前，他得先逮一些蚂蚱。这几年蚂蚱越来越难逮，如果他要钓两小时的鱼，至少得拿出一个小时的时间逮蚂蚱。他小时候经常能看到的长着强壮后腿，一抬脚就能跳出半米远的"蹬倒山"已经很少见了，那些身体细长的"梢末夹"也难寻踪迹。管小正想不通，抓蚂蚱的人没那么多，为什么蚂蚱还会越来越少。大伯给他解开了谜团，大量除草剂的应用，破坏了蚂蚱的生存环境，草丛里的蚂蚱才会越来越少。

管小正仍一心打着去水塔周围粘知了的主意。为了实现这个小愿望，他得一步一步接近水塔。到水塔栅栏周围的草丛里逮蚂蚱是关键的一步。这儿很少有人来，草木丛生，郁郁葱葱，生命力旺盛得很。那些蚂蚱也聪明着呢，在这儿繁衍生息，过着太平的日子。管小正的出现打乱了蚂蚱的生活节奏，那些喜欢群居的油蚂蚱一听到脚步声，四处蹦跶，这倒让他一下子乱了方向，一只也没逮着。他停住脚步，屏住呼吸，安静了两三分钟，他看中了一只"蹬倒山"。这家伙肯定天天健身，不然后肢怎么会这么发达。冷不丁地被它蹬一脚，没准会在胳膊上留下划痕。这"蹬倒山"机灵得很，一听到草丛发出"哗啦哗啦"的声音，立刻警觉地一动不动，管小正准备拿手扣住它的时候，它一抬脚，跳得无影无踪。这些机警的

蚂蚱逮起来真够费劲的。管小正出了一身汗，一只蚂蚱也没逮到，悻悻地在草丛里搜来找去，而蚂蚱们跳得欢着呢，一会儿左边，一会儿右边，好像是故意跟他作对，越蹦越远，他只好蹦跳着追。

管小正气得很，知了粘不到几只，没想到蚂蚱也这么贼。他静待时机，终于看中了一只在狗尾草和芨草中悠闲度日的"梢末夹"。他一跃而起，把整个身子压到了这只"梢末夹"身上，正当他在草丛里寻找挣扎的小生物，心里窃喜得不能自已时，然鹅用脖子蹭了蹭他的腿，脖子也扭向了后边。管小正回头，竟发现自己身在栅栏里面。栅栏那么结实，他是怎么进来的？他站起来朝后面张望，意外地发现栅栏上恰好有一个能容人进入的窄窄的口。窄口处的草都倒了，有的还枯萎了，管小正判断，这是被人踩过的小道。从草的枯萎程度来看，有人经常来这儿，而他正是在逮"梢末夹"的时候不知不觉沿着小道进来的。然鹅又回头扬了扬脖子，管小正看到这条他踩在脚下的小道正通往小树林里的水塔方向，小道上的草也都被踩得实实的。

"不是说这儿不准人进入吗？看这草都被踩成这样了。"管小正嘀咕着，望了一眼然鹅，说，"怎么样，来都来了，咱们继续往里走，探上一探？"

然鹅低下头，在草丛里翻找着什么，再抬起头来时，兴奋地摇晃起脖子来。管小正看出然鹅的反常，凑到它身前。原来它的嘴里含着东西。他从然鹅嘴里取出"不明之物"，仔细察看，是一枚沾着土渣渣的铜钱。

铜钱？管小正不自觉地耸了耸肩膀，他在爷爷的宝贝匣子里看到过类似的铜钱，上面写着"顺治通宝"的字样。爷爷说这枚铜钱是顺治当皇帝时期铸的。顺治元年（1644），朝廷的工部、户部开设宝源局、宝泉局铸币，后在各地开设钱局，钱币上用楷书写着"顺治通宝"。爷爷还说，如果铜钱的一面写着"康熙通宝"，就是康熙皇帝时期所铸。管小正拂去铜钱上面的土渣渣，看到了铜钱的"真容"，锈迹斑斑，上面并没有"顺治通宝"或"康熙通宝"字样，正面的字有些模糊，背面有几个字，他也看不懂。

管小正把铜钱装进裤子口袋，还特意扣上了扣子，以防掉出来。现在他拿不定主意是往水塔方向走，还是原路返回。因为这枚铜钱的出现很蹊跷，他琢磨着，谁会拿着铜钱出门？又是谁不小心落下的呢？看这铜钱上刚刚还沾着泥土，说明它出土不久，那么它是从哪儿出土的呢？

管小正脑子里有好多谜团需要解开，但又无从下手，他喘了口粗气，倚着一棵小杨树，从书包里翻出了水壶，拧开壶盖，仰头喝时一个不小心把水呛到了鼻子里，他猛地咳了两声，那树也紧跟着摇晃起来，惊起满树的知了四处乱飞，吓了他一跳。他气愤地抬头望着树，目光收回来时却一眼掠到了几十米以外的水塔，那水塔高高地耸立在树林里，像洞悉一切的老人似的望着马儿多农场这方圆几百亩的土地。

管小正打定主意沿着小路往水塔方向走，但是然鹅不干了，它掉头往栅栏方向踱步，估计是天太热，它受不了了。

管小正只好跟着然鹅回到栅栏前，他目测了这个被破坏的栅栏口，刚好容一个成年人出入。

是谁破坏了栅栏？

管小正比较瘦，不用侧身，就钻出了小口。

3

一路上，管小正一直把手插在裤兜里，生怕那枚铜钱长了翅膀飞了。

回到家，他上网搜索各种铜钱的资料，对比了又对比，感觉这枚铜钱很像祺祥通宝。据说 "祺祥"年号仅仅存在了69天，所以 "祺祥通宝"存世量极少，收藏价值很高。

"天啊！"看到网上介绍的价值，管小正的脚不由自主地抬了一下，踩到了然鹅的蹼上，它疼得猛地跳起来，扑打着翅膀怒视着兴奋不已的小主人。

"对不起，对不起，我太激动了。"他连连道歉。

这枚铜钱是怎么出现在草地上的呢？管小正打算第二天再去看看。

再去，他可不想孤军作战，他要拉上小米和小麦。人多力量大，说不定能找到更多的"通宝"呢。

"看来要有大事发生了。"小麦虽然胆子小，但是对神秘的大事充满着兴趣，她对管小正手里的铜钱更感兴趣。她想，要是能

找到几枚这样的铜钱，就能把爷爷理财损失的钱补回来，爷爷一高兴，投资失败这件事就能真正翻篇儿了。

正是有这样的想法，她才愿意跟着管小正去栅栏那儿察看。小米原本不想参与这种闲事，但又不放心他们，只好跟着一同前往。

然而，他们在草地上找来找去，什么"通宝"也没找到。管小正失望地四处打量，在草地上发现了一坨土。他仔细察看这坨土，眉宇间写满了问号。

"怎么了？"小麦期待的大事没发生，也没有线索，又见管小正眉头紧锁，不耐烦地问。

"这里面一定有问题。"管小正笃定地说。

"什么问题？不过是一坨土。"小麦热得难受，对这坨土根本提不起兴趣。

"当然有问题了，天气这么热，这儿却出现了一坨湿嗒嗒的土，说明几分钟前有人来过这儿，把鞋上沾的泥土留在了草地上。"

"这个人会再回来吗？"小麦问。

"有这个可能。"管小正点点头，眼睛朝四周望了望。

小米意识到什么，嘱咐他俩："咱们说话声音要小一些，不要被人发现。"

"越说越吓人了。"小麦的神情紧张起来。

"再找一会儿就走吧,我也觉得怪恐怖的。"小米担心出问题。

"好吧。"小正拿出水壶喝水,因为心急,又倚在树旁呛了口水,又惊得知了四处乱飞。这时,他眼睛的余光扫到了那个水塔,突然来了精神:"你们说,水塔会不会跟这些蹊跷的事有关?"

"水塔啊,水塔我们谁都没进去过,也许爷爷最了解,但爷爷一提起水塔就一脸严肃。"小米认真地说。

"是啊,所以咱也不敢说,咱也不敢问。"小麦咯咯乐着。

"嘘,小声点儿。"管小正把食指按在嘴中间,神秘地说,"要不咱们到水塔跟前看看?"

管小正话还没说完,然鹅已拍打着翅膀往水塔方向跑了。他摊摊手:"你们看,是然鹅要去水塔那儿的,我也没办法,我得把它追回来。"

管小正尾随着然鹅往前走,小米和小麦紧紧跟上。突然小正停住了,他的脚被什么扎了一下,原来鞋底有一块尖利的陶片,旁边还有几块陶片和木片,再旁边的树底下有一个银色的东西。他捡起来看,竟然是一根金属钢管。

"这儿有盗墓的。"管小正正色道。

"你怎么知道的？"小米紧跟着问。

"小说看多了吧。"小麦觉得管小正神经兮兮的，又在故弄玄虚。

"我才不是小说看多了呢。"管小正一本正经地说，"这是一根螺纹钢管，是盗墓工具。"

"啊？"

"不信啊，回头再给你们讲，当务之急还是先到水塔那儿探个究竟吧。"

管小正说着，又往水塔方向迈出步子。

经过长年累月的风吹日晒，水塔的墙皮已经斑驳不堪了。水塔的东侧有一扇虚掩的木门，破败得只剩一副门架子，门板早已不知所终。

管小正猫着腰朝门里面张望，突然听到一声咳嗽，吓得他赶紧把身子缩回来。

"撤。"管小正转身冲还在水塔下面准备爬台阶的小米和小麦摆摆手，示意她俩赶紧后退。

管小正一边撤，一边回头朝水塔门口看，等回到栅栏外面，他才轻嘘了一声，招呼小麦和小米停下脚步，趴到草丛里。

"发生了什么事？"小麦知道肯定又出了什么状况。

"我听到了咳嗽声，莫非这水塔下面有人？"管小正若有所思地说。

"什么，水塔下面有人？大热天的吓得我一身冷汗，你可别吓唬我。"小麦哆嗦了一下，担心地说。

"嘘，小点声。我可真没吓唬你，咱们还是躲在一边吧，万一真从水塔里钻出人来怎么办？"管小正神情不自然地说。

"别吓我们了。"小麦吓得小脸煞白，赶紧要往家走。

"别呀别呀，要发现惊天秘密怎能不受点儿苦呢？你们就陪着我吧。"管小正把小麦拽住。

"我们别在这儿耗了，又热，又有蚊虫叮咬，在烂尾楼那儿发现伪造的爆竹那回，我被蚊虫咬得全身都是包，我是不想再经历这种事了。"小米被这闷热的环境和四处嗡嗡飞的蚊虫惹恼了，她伸出胳膊，"你看，四五个包，再待下去，我就被蚊子给吃了。"

"别急别急，看我的。"管小正从书包里掏出一个小玩意，"这是微型摄像机，我们不需要在这里耗着，只要把微型摄像机隐藏起来让它替咱们盯着就行。走，去河边抓鱼去。"他把微型摄像机用狗尾草固定在一株棉槐条子上，又把棉槐条子掩藏在旁边的野草里。他调好了方向，那微型摄像机正对准水塔底部的破门架子。

"你可真有办法。"小麦扬起脸，朝马儿多河跑去。

4

小米在河堤的树荫处坐了会儿,小麦玩了会儿水,管小正钓了会儿鱼。不知不觉,天快黑了,他们从马儿多河边回到小树林。

因为不确定周围是不是有人,三个人小心地东张西望,最后是小米和小麦把风,管小正快速跑到微型摄像机前,熟练地从棉槐条子上取下摄像机,迅速地关了设备搁进包里。

三个人一溜小跑回到爷爷家,管小正顾不上平缓心跳,迫不及待地取出微型摄像机里的存储卡插到电脑上,想看看这两个小时发生了什么。

视频开始,一切都很正常,除了几只蚊子、苍蝇来回飞,偶尔还有蝴蝶闯入,再无其他生物。小麦看得不耐烦,去厨房切西瓜,她正拿着一块西瓜啃的时候,听到管小正大叫一声:"出来人了!"

只见视频里出现了两个精瘦精瘦的男人,他们手里拿着铲子和螺丝刀从水塔底部的破木门里走出来,其中一个手里还拎着个袋子。

小麦赶紧跑过来,跑得太急,撞到了门上,她"哎哟"地叫了一声,手里的西瓜掉在了地上,摔得东一块西一块,她一边探头看

视频，一边收拾地上的西瓜。

视频里一个戴着手套的人道："忙活了一下午，才弄了两个破罐子。"

另一个人手里拿着一个金属工具，跟管小正捡到的螺纹钢管一模一样。他四下里瞅了瞅，小声说："也不白忙活，总算有点东西。"

"值不了几个钱。"

"已经升值了。"

两个人低声聊着，先后穿过了栅栏门，向远处走去。

"怎么样，我就说这儿有盗墓的吧。"管小正得意地说。

"你怎么确定的？"小麦急于知道原因。

"这得归功于我那天捡到的东西。"

"快说说。"小米也想知道答案。

"我看过一些书，书里说很久以前有个盗墓的看到别人的一把筒瓦状的短柄铁铲挺好用的，他灵感大发，让人仿照着做了一把，只要用铁铲往下一挖，再拔出来时能带出不少原土，可以判断地下不同地层的情况，这种铁铲就叫洛阳铲。现在这家什早都被淘汰了，比较好用的是螺纹钢管，就是我们捡到的那个东西，别看它拿在手里没多长，但层层相套，拆开有半米多长呢，就跟钓鱼竿

似的。"

"没准这儿有古墓呢……"小米道。

"如果这里有古墓，这两个人是盗墓贼，那他们就是盗取了国家的文物。"管小正目不转睛地盯着屏幕。

"对，他们肯定违法了。"小米接茬儿道。

"没准人家是考古呢？"小麦比较乐观地说。

"考古有这么偷偷摸摸进行的吗？考古是为了保护文物的，挖掘出来的文物是要收进博物馆的。这两个人神情那么紧张，走得那么着急，再加上说的那些话，一看就不是考古专家。"

"我刚刚光顾捡掉在地上的西瓜了，又没听清楚他们的对话。"小麦嘀咕着。

管小正和小米相视而笑，小米道："好好好，你要是听清楚了，肯定能判断出这两个家伙不是好人。"

"那么，我们先告诉爸爸吧。"小麦建议。

"那是必须的。"

5

小米的爸爸看完完整的视频，不住地点头道："你们三个这次可是发现了重大事件，这两个人应该没有经过相关部门的许可，

私自挖掘水塔下面的文物。这样的盗墓会对文物造成不可恢复的破坏。"

"我们赶紧报警吧。"小米说。

"好。"爸爸拿起了手机。

"大伯，我这儿还捡到了一枚'通宝'，应该也可以收进博物馆了。"管小正从裤兜里掏出"通宝"。

"嗯，如果真是文物，就得交给文物局，我也不知道你这是不是文物，先报警吧。"小米的爸爸正打算拨号码，突然想起了什么，好奇地问，"你们是怎么发现水塔周围有蹊跷的？"

管小正眉飞色舞地讲起自己发现可疑情况的经过，视频还在重播着，爸爸拨电话的手却猛地抖了一下，手机掉到了沙发上。

"爸爸，怎么了？"小米忙问。

"视频里有一条长虫皮。你们看——"小米的爸爸把视频暂停，只见屏幕上的草丛堆里躺着一条圆筒形的半透明皮膜，看起来有几十厘米长，皱皱巴巴的，有的地方还呈银灰色。

小麦和小米立刻往后退了几步，管小正不明就里，小声问："长虫皮是什么？"

"蛇皮，蛇皮。"

"啊？"管小正转身，想逃过这即将到来的"暴风骤雨"，却

被大伯喝住。"小正,你给我过来。"大伯的脸色铁青,"你发现

了盗墓贼,这是要记你一个大功的,可是水塔周围有蛇啊,不让你

去水塔,你非要去,万一让毒蛇咬一口,你这小命就没了,我可怎

么向你爸妈交代？我看，你还是赶紧回自己家吧，再待下去，还不知道惹出什么祸事来呢。"

"别别别，大伯，您放心吧，咱们这儿的蛇没毒。"管小正语无伦次地辩解。

"谁说的！周围的村有养蛇场。这几年经常有人在田野里发现毒蛇，险些被它们咬了。"

管小正的脸上露出惊恐之色，再也没敢言语。

"我可告诉你，不让你去的地方你坚决不能去。"大伯厉声道。

"好好好，我知道了，我再也不去了。"管小正只好求饶。

小米待爸爸去打电话，小声对管小正说："这就是蛇皮，书上说它又叫蛇蜕，蛇一般两个月蜕一次皮，冬眠期间是不蜕皮的。蛇皮还是中药呢，泡酒能治风湿病。"

"我们去把蛇皮拿回来给爷爷吧，爷爷的腿不是老疼吗？"管小正计上心来。

"你还敢去小树林？还想被我爸批啊！"小麦赶紧制止。

"哎，那还是算了。"管小正叹口气，心里有点郁闷，他真怕大伯把他送回家。

6

第二天傍晚，大伯下班后兴冲冲地回到家，见到管小正，赶忙告诉他最新消息。

原来，在视频里出现的两个精瘦的家伙已经抓到了，是周边村子的。他们听老一辈人说水塔周围埋了些文物，就打起了歪主意，没想到真挖出文物来了，他们倒卖文物挣了不少钱。后来他们担心再挖会把水塔挖倒，就伪造了些文物埋在水塔下面，过段时间再挖出来倒卖，以假乱真。管小正捡到的那枚铜钱并不是文物，而是盗墓人伪造的。

"还有啊。"大伯小心翼翼地从随身的包里取出一个纸包，"蛇皮我给取回来了，给你爷爷泡酒喝。"

"小正还想自己去取呢。"小麦嘴快，透漏了消息。

"水塔周围以后别去了，这几天那里就会保护起来，禁止外人出入。再说在水塔下面挖掘，万一破坏了水塔的地基，导致水塔沉陷或倾斜，那就麻烦了。还有，我必须提醒你，万一真遇到了蛇，绕着走，只要它不攻击你，你就不要招惹它，如果它攻击你，一定要记住'打蛇打七寸'。"

"七寸是哪儿？"

"心脏啊。"

"心脏在哪儿？"

"这个，蛇的心脏嘛，根据蛇的种类、大小的不同而有所不同。如果无法确定它的心脏在哪儿，就往腹部打，或者打'三寸'也行，'三寸'是蛇的脊椎骨上脆弱而容易打断的地方，打了三寸它就抬不起头来咬人了。不过，你最好还是不要到野地里去，最好不要碰到蛇。"大伯严肃地对他们说，接着又缓和了语气，"快，一会儿把蛇皮给你爷爷送过去。"

小正接过纸包，打开后，一股腥味扑面而来，只见那蛇皮一侧呈银灰色，有一些菱形鳞片，看起来特别脆弱。小米和小麦先后看完后，小正把纸包折好，朝爷爷家跑去。

长知识

正规的考古发掘文物需要办理手续

小麦曾提到也许那两个精瘦的家伙不是盗墓贼，而是考古专家。问题来了，怎样判断是盗墓贼还是考古专家呢？

盗墓是指个人或团体非法进入陵墓盗取陪葬物品的行为。他们不是为了保护文物，而是为了墓穴内的高价值的精美陪葬品，挖掘过程极有可能破坏墓穴的完整，影响历史学家和考古学家的研究工作。他们挖到了文物也是占为己有，或卖给文物贩子。那两个家伙从水塔出来鬼鬼祟祟的样子，一看就不是好人。

考古是为了社会的利益，是专家们经过缜密的规划一步一步地挖掘文物，挖掘的过程中要尽量保证文物完好，发掘的文物一般要存放到博物馆或者国家档案室进行研究、修复等。

《中华人民共和国文物保护法》第二十七条 一切考古发掘工作，必须履行报批手续；从事考古发掘的单位，应当经国务院文物行政部门批准。

地下埋藏的文物，任何单位或者个人都不得私自发掘。

第二十八条 从事考古发掘的单位，为了科学研究进行考古发掘，应当提出发掘计划，报国务院文物行政部门批准；对全国重点文物保护单位的考古发掘计划，应当经国务院文物行政部门审核后报国务院批准。国务院文物行政部门在批准或者审核前，应当征求社会科学研究机构及其他科研机构和有关专家的意见。

知法小·达人

盗墓后果很严重

《中华人民共和国刑法》

第三百二十八条　盗掘具有历史、艺术、科学价值的古文化遗址、古墓葬的，处三年以上十年以下有期徒刑，并处罚金；情节较轻的，处三年以下有期徒刑、拘役或者管制，并处罚金；有下列情形之一的，处十年以上有期徒刑或者无期徒刑，并处罚金或者没收财产：

（一）盗掘确定为全国重点文物保护单位和省级文物保护单位的古文化遗址、古墓葬的；

（二）盗掘古文化遗址、古墓葬集团的首要分子；

（三）多次盗掘古文化遗址、古墓葬的；

（四）盗掘古文化遗址、古墓葬，并盗窃珍贵文物或者造成珍贵文物严重破坏的。

盗掘国家保护的具有科学价值的古人类化石和古脊椎动物化石的，依照前款的规定处罚。

《中华人民共和国文物保护法》

第六十四条　违反本法规定，有下列行为之一，构成犯罪的，依法追究刑事责任：

（一）盗掘古文化遗址、古墓葬的；

（二）故意或者过失损毁国家保护的珍贵文物的；

（三）擅自将国有馆藏文物出售或者私自送给非国有单位或者个人的；

（四）将国家禁止出境的珍贵文物私自出售或者送给外国人的；

（五）以牟利为目的倒卖国家禁止经营的文物的；

（六）走私文物的；

（七）盗窃、哄抢、私分或者非法侵占国有文物的；

（八）应当追究刑事责任的其他妨害文物管理行为。

第六十五条　违反本法规定，造成文物灭失、损毁的，依法承担民事责任。

违反本法规定，构成违反治安管理行为的，由公安机关依法给予治安管理处罚。

违反本法规定，构成走私行为，尚不构成犯罪的，由海关依照有关法律、行政法规的规定给予处罚。

窝藏文物者要承担刑事责任

《中华人民共和国刑法》

第三百一十二条第一款　明知是犯罪所得及其产生的收益而予以窝藏、转移、收购、代为销售或者以其他方法掩饰、隐瞒的，处三年以下有期徒刑、拘役或者管制，并处或者单处罚金；情节严重的，处三年以上七年以下有期徒刑，并处罚金。

读书感悟

第二章　葡萄熟了

1

八月初，马儿多农场的上空到处飘溢着瓜果香。

那些梨、苹果挂满了枝头，秋桃也相继成熟，山楂结出一嘟噜一嘟噜的小果，还有那一排排葡萄架上缀着一串串密实的葡萄。马儿多农场的秋天真是一派丰美景象啊！

这几年，马儿多农场很多年轻人陆续外出打工，但也有外出打工几年后又回来的，养信鸽的张爷爷的二儿子就回马儿多农场创业了。

张老二在农场承包了十几亩地，初春时搭了小瓜棚播西瓜种，初夏时收西瓜，西瓜卖完种上晚玉米，玉米成熟之前，他的五亩葡萄成熟了。八月初正是他忙得不可开交的时候。

管小正听爷爷说，张老二上了四年农业大学，毕业后在大城市的农业科技公司待了两年，后来决定回马儿多农场大干一场。他有文化，懂技术，肯为那十几亩地下力气，就拿种葡萄来说，他知道

每个细节都不能疏忽，都关系到第二年葡萄质量的好坏和产量的高低，他总是把抹芽、绑蔓、去卷须、处理副梢等夏剪工作做得妥妥当当。冬天了，很多人窝在家里嗑着瓜子喝着茶水不出门，他却忙着冬剪，剪去多余的枝条，以利于葡萄树更好地积蓄能量。六月上旬，葡萄果黄豆粒大小时，张老二在疏果、喷药的基础上给一串串"小绿珠"套上袋，套袋虽然简单，却也是个体力活，要把纸袋一个一个地套在葡萄串上，五亩地得套成千上万个袋子，累得他天天腰酸背疼。

"在马儿多农场只要不偷懒不要滑，肯定能过上好日子。"爷爷喝了口茶，又说，"其实干什么都一样，都得踏踏实实本本分分。"

马儿多农场附近有好多私人的加工厂，工厂雇了好多人打零工，工资按天算，每天最少一百块钱。小麦一直嚷嚷着要打工挣点零花钱，她去问加工厂的负责人，人家说她太小了，不能雇她。她失望而回，跟她妈抱怨工厂的人看不起小孩。妈妈乐了："人家要是雇你，那才惹上麻烦了呢。"

"为什么？"小麦不高兴地问。

"这都不懂，你才十三岁，年龄不够。"管小正插嘴道。

"什么年龄不够？"小麦嫌他多事，没好气地说。

"法律都规定了，不让用人单位招用未满十六周岁的未成年人。"妈妈在手机里搜索出法律法条，想让小麦断了打工的念想。

"我个子已经比十六周岁的人都高了。"小麦不服气。

"个子高跟年龄没关系。"管小正又插嘴。

"那怎么办啊，我想打工挣零花钱啊，妈，你帮我想想办法吧，我这不是想自己挣钱买演唱会的门票嘛，我问你要钱，你又不给我。"小麦不死心。

妈妈被小麦吵得耳朵嗡嗡响，干脆让她去张老二家葡萄园里帮忙。

妈妈答应她，如果能坚持把张老二葡萄园的袋子拆完，就买票陪她去看她喜欢的歌手的演唱会。如果坚持不下去，她就老老实实地在家学习。小麦去葡萄园帮忙了，管小正没了玩伴，无奈之下，他和然鹅也跟着去找小麦。

张老二正在园里忙活着，顾不上和他们多聊，直接教他们干活："现在我们要做的是把六月份给葡萄套上的袋子摘了，现在葡萄进入成熟期了，让它们晒晒太阳，这样葡萄的味道更可口。但是就跟你睡醒了睁开眼一下子看到阳光会觉得刺眼一样，葡萄一下子见到阳光也受不了，所以摘袋前，要先撕开纸袋子下面的口，让葡萄适应一下外面的空气和光亮，过两三天再除去纸袋。我还要提醒你们，为了促进葡萄着色，也就是为了让葡萄更好看，在摘袋子的同时，你们还要摘除果串周围的一些老叶，那些老叶会和葡萄抢着吸收营养的。"

"哦，看起来还挺麻烦的。"小麦说。

"不麻烦，熟练的话，一天能搞定两三排葡萄。"张老二安慰道。

"我们开工吧。"管小正立刻进入了工作状态。

别看撕袋子这件事情挺简单，但对没干过农活的管小正和小麦来说有难度。有些葡萄长得高，他俩就得踮起脚来撕，有些葡萄

离地皮很近，他俩就得蹲下来撕。好在有然鹅这个好帮手，它的嘴厉害极了，一咬就能把袋子咬开口，更绝的是，这样咬竟然不会咬到葡萄，每撕开一个袋子，它就"克噜——克哩——克哩"地叫一嗓子。

然鹅很能干，管小正和小麦可比不了它。才干了一个小时，两人就嚷嚷着口渴。张老二只得带他俩去地头的小平房里找水喝。

小平房面积不大，有门，有窗户，有一张小床，还有做饭的地方。

"叔叔，这儿有人住吗？"管小正一屁股坐到床上，他的腿都蹲酸了。小麦也累得够呛，坐下就捶腿。

"农忙的时候为了赶时间，中午不回家吃饭就在这儿简单做点儿吃的，累了就在床上睡个觉。葡萄马上进入成熟期，我得住在这儿看园子，尤其是晚上，每家每户都要在园里守夜，担心的是小偷来偷葡萄。其他时节，没人愿意住在小平房。"

小麦喝了水，坐在小床上不想动，"天这么热，葡萄袋这么难弄，吃个葡萄可真不容易啊。"

张老二说："干什么容易啊，照我说，坐在空调房里，吃着西瓜、桃子，读读书，这才是最容易的事。"

"您说得对，可是小麦非要出去打工，我大妈这是拗不过她才

让她来帮忙的，连带着我也得跟着在这闷热的空气里蒸着。"管小正抱怨连连。

"有福同享，有难同当。"小麦咬咬嘴唇，相比较而言，学习真是容易而舒服的事。

"是你自己找的麻烦。"管小正没好气地说。

"好了好了，我可不想让我妈看到我打退堂鼓，咱们快点干活吧。"小麦只好又拉着管小正跑到葡萄园里干活。

葡萄园里的空气闷得很，难得吹来的那点儿风也被一排一排的葡萄藤挡住，小麦觉得喘的每口气都是热的。十一点时，张老二说天气太热，可以收工了，催促他俩回家吃饭，他俩如释重负地停了工。

他俩想和张老二一起回家，可张老二并不着急往家走。

"你不回家吃饭吗？"小麦问。

"我得看葡萄园啊。"

"看葡萄园？葡萄园又跑不了。"管小正笑起来。

"我不是说了吗，现在正是葡萄成熟的季节，偷葡萄的人也多，葡萄园里白天晚上都不能离开人。"张老二说。

"我忘了有人偷葡萄的事了。"管小正不好意思地笑了笑，"好吧，那我们先回家，那么，下午几点来干活？"

"天热，你们四点来就行，干到六点回家。"张老二大手一挥，让他们快些回家。

"好嘞。"

2

下午四点，管小正和小麦来到葡萄园时，张老二正在园里忙碌着，他的效率很高，撕袋子的位置已经比上午他俩走时往东边挪了好几排。

"你早就开工了？"小麦问。

"对啊，我懒不得，这一年的希望可就在这片葡萄园了。"

张老二这一番话让管小正和小麦的脸倏地红了，赶紧进入工作状态。

管小正陪着小麦在葡萄园里干了一天活，收工时，小麦的脖子和手臂被葡萄叶子划得一道道的，有的地方还渗出了血印子。晚上回到家，妈妈问她体验得怎么样。她两眼一翻，把胳膊伸到妈妈眼前："你自己看嘛。"

妈妈没大惊小怪，只是轻描淡写地说："皮肤太嫩，你要是干上十天半个月，保准就没事了。"

"为什么呀？"小正忙问。

"因为皮厚了呗。"小米掩嘴笑起来。

"你们欺负人。"小麦带着哭腔道。

"你要是不想去，就不去了，但你别说我不让你出去打工。"

妈妈又说。

"我明天去钓鱼，不能陪你到葡萄园干活了，要去你自己去吧。"管小正撂下话，跑去厨房啃西瓜。

"你，你你……"小麦生气地跺着脚。

小米笑着："这下好了，你可以跟妈妈说小正不陪你去葡萄园，你一个人又不敢去葡萄园，你可以有合理的理由不去葡萄园干活了。"

"我才不呢。"小麦嘴上这么说着，其实心里已经认同了小米的点子。

第二天一大早，管小正跑到小麦家打探虚实，却听小米说歇了一晚的小麦又"满血复活"，鼓足勇气去葡萄园干活了。

"我妈本来就是想让她体验一下干活的辛苦，没想到她还较上真儿了。"小米说。

管小正犹豫着要不要去葡萄园，本来就是小麦要去葡萄园干活挣零花钱的，他只是陪着她去适应一下，并没有打算把几天时间都放在葡萄园上。想来想去，管小正决定不再去葡萄园帮忙。

撕袋的工作继续着，小麦虽然晒黑了一些，但每天都开开心心去葡萄园。

"天这么热，你也真忍心让小麦在太阳底下晒。"小麦的爸爸心疼地说。

"张老二是名牌大学毕业的，在大城市里待过，小麦有时候在学习上提不起兴趣，就是因为没有目标没有追求，这几天正好让张老二做做思想工作。"

管小正无意间听到了大伯和大妈的对话，原来让小麦去葡萄园帮忙都是大妈的"计策"。

没能继续帮张老二干活，管小正心里过意不去，见到小麦都是一脸的不好意思，去粘知了也总是绕道走。好在葡萄袋拆了三天就完工了，小麦窝在家里睡了大半晌，这才缓过劲来。

那天东大道修路，他要粘知了就得路过张老二的葡萄园。为了粘知了，他只得把然鹅放自行车筐里，硬着头皮朝葡萄园南边的小路方向骑去，他让然鹅抬起头来，好挡着他的脸，心里只祈祷别遇上张老二。

刚骑到葡萄园南边的小路上，就看到小路上停了各式的车，葡萄园里的葡萄也纷纷露出紫色的"真容"，原来是批发商络绎不绝地来到各个葡萄园收葡萄，卖了葡萄的园主点着钱，脸上洋溢着丰收的喜悦。

再有五十米就是张老二的葡萄园了，管小正低着头猛踩自行车。

"停停停，"管小正抬头，喊"停"的正是张老二，"小正，

现在有事吗？"

"没事啊，我去粘知了。"

"你要没事的话，帮我看一下葡萄园吧，我回家扒拉两口饭，午饭我还没吃呢。"

管小正没能帮张老二把活干完，心里很过意不去，现在张老二找他帮忙，他满心欢喜地说："好嘞，你去吧。"

管小正把自行车停好，把然鹅从车筐里抱出来。

"先吃串葡萄吧。"张老二拾起剪刀，剪了一串葡萄递给管小正，"不用洗，直接剥了皮吃就行。"

管小正接过葡萄，紫黑色的葡萄太沉，一只手险些没接住，"呀，这一嘟噜，得有一斤多重吧。"

"差不多吧，我的葡萄啊，大多控制在一串一斤左右重，买葡萄的人买回家轻轻松松地就能把一串吃光。"

"我吃葡萄的时候就有这种感觉，要是一大串两三斤，我会有心理负担，吃到什么时候才能吃完啊，吃不完容易坏，都吃完了吧又会肚子胀。叔叔，您能控制葡萄的重量？"

"对啊，葡萄开花的时候要疏花序，要掐尖，挂果的时候要疏果粒，就是把多余的花和果去掉，这样葡萄的大小和颗粒数就会比较均匀。"

管小正剥开一颗葡萄，把皮往两侧一扯，果肉就滑进了嘴里："您可真会种葡萄啊。"

"你以为种葡萄容易啊，我这是一边种一边学习一边研究才摸索出来的，要是连这些都不懂，我干脆去种白薯了。"

"不对，白薯也不是谁都能种的，有种得好的，也有种得不好的。"管小正说。

"你说的啊，还真对。"张老二呵呵地乐着，"好好帮我看园，我吃饭去了。"

管小正打量着葡萄园，这才几天不见，原来裹在袋子里的葡萄已经呈紫黑色了，一眼望去颗粒饱满，你挨着我、我挨着你挤成一团，挂在葡萄藤上，好看极了。

管小正和然鹅钻进地头的小平房，帮着张老二看起了葡萄园。园子里静悄悄的，窗外搁着好多箱葡萄，估计是有人要来批发葡萄。园里还有好多小蚂蚱。管小正心想反正一会儿也要去钓鱼，现在抓蚂蚱存着，省得一会儿再费时间抓了。于是抓起了蚂蚱。

过了五六分钟，葡萄园的木头门"吱呀"一声开了，管小正从草地上爬起来，看到十几米外有个胖胖的男人大摇大摆地走了过来。

管小正想，这是谁，他怎么不认识？不过不认识也并不奇怪，

因为葡萄批发商都是从全国各地来的，而他在马儿多农场待的时间也不长，不认识很正常。

他还没开口问，那人倒先问了："园主在吗？"

管小正说："不在，有事吗？"他打量着这个人，他长得可真胖，嘴可真大。

那人呵呵笑起来，这一笑不要紧，管小正也笑起来，因为他发现眼前这个胖男人笑起来时那一张嘴大得能咧到腮帮子后面。

那人见管小正笑，自己又干笑了两声："那你是谁？"

"我是帮着看葡萄园的。"

"哦，帮忙的，那个，我跟他约好了，要拉他三十箱葡萄，这人怎么不见了呢！"那人说。

管小正说："一会儿就回来了，你等等吧。"

"不行啊，我还赶路呢。"那人有点着急了，"要不我先往车上装吧？"

"你们约好了就行。"

那人说了一声"当然是约好的"，赶紧抱起一箱葡萄往自己的车上搬。

管小正继续抓蚂蚱，但心里犯起了嘀咕，张老二回家吃饭前没说有人要来拉葡萄啊，这人非说约好的，这是怎么回事？

3

那人一边装一边说："只剪了二十箱啊，我的车装不满呢。"

管小正说："不够你就剪吧，我这儿有剪刀。"

"不用，我包里有剪刀。"那人倒也不客气，拉开随身携带的小包拉链，掏出一把专门剪葡萄的剪刀，熟练地剪起了葡萄。

"到人家的葡萄园里批发葡萄，还需要自己带剪刀吗？"管小正没话找话。

"自己的剪刀，用着称手。"那人头也不回，眼睛紧盯着眼前的葡萄。

管小正听爷爷说起过，葡萄批发商进到园子里会先看葡萄的大小、色泽、饱满度，再跟园主讨价还价，商议好价格后园主会把葡萄剪好码放到箱子里，很少有批发商自己动手剪葡萄的。眼前的这个人不看葡萄不问价格，有点不太对劲。这里面一定有问题。想到这些，管小正跟他保持了长长的一段距离，一边抓蚂蚱一边留意观察一边跟他扯闲天："哦，您歇会吧，要是渴，平房里有水，天太热了，容易中暑。"

那人说："我不渴，你喝吧。"

别看这个人身材肥大，但剪起葡萄来很是灵巧，他拿着葡萄

剪刀，左一下右一下"咔嚓咔嚓"地剪着，不一会儿就剪了五箱。他看看表，说："就这样吧，我再去别人家园里看看能不能凑够三十箱。"

管小正说："天气这么热，您就坐下歇会儿吧。"

"不了，我还得赶路呢，不能耽误时间。"他抹了抹头上的汗，抬腿往葡萄园门口走。

"您不等着张老二回来吗？"

"不了，我回头给他转账。"

"您留个电话和地址吧。"

"不用，张老二认识我，你跟他说是老李来拉的葡萄就行。"

"好嘞。"

管小正这么回道，心里却有了异样的感觉，他觉得眼前的葡萄批发商并不简单，可是他又说不上哪里不简单，怎么办？葡萄已经被他拉到车上了，让他再卸下来，显然是不可能的。再说，他是个小孩，眼前的这个人，光是身高就高他一大截，手里还拿着剪刀，要是惹急了那人，恐怕会危及自己的生命。管小正不知所措了。

就在这时，然鹅"噗"的一声，拉了泡屎，管小正计上心来，"叔叔，您还要赶很长的一段路吧，路上厕所少，您还不在我们这儿上个厕所？"

"你这儿有厕所吗？"

管小正赶紧点头道："有啊，虽然是简陋了点儿，那也比您在路上找厕所强吧。"

"你这么一说，我肚子还真有点不舒服，我去上个厕所。"他又折了回来。

管小正带他来到葡萄园西侧的中间地带，那儿有一间小土屋，是简陋的厕所。

"您上厕所吧，我在外面等着。"

"这厕所的味道也太难闻了。"他很不高兴地走进厕所，又返了回来，大概是怕厕所把他的随身小包熏臭了，他把小包挂在了葡萄藤架子上。

待他转身走进厕所，管小正飞快地把包从架子上摘下来，挂在然鹅的脖子上，然鹅扑扇着翅膀在葡萄园里东飞西跑。

他上完厕所，回到葡萄架上取包，却发现包不见了。他以为找错了地方，就在四周又找了一遍，还是不见包。

这时，远处传来"克噜——克哩——克哩"的声音。

管小正说："叔叔，您是在找包吗？那包让一只鹅给偷走了。"

"鹅呢？"

"好像进到葡萄园里了。"管小正用食指一指，然鹅的身影倏地一闪而过。

"这从哪儿来的鹅，真是耽误我的事。"那人循着"克噜——克哩——克哩"的声音找去，每每快找到的时候，然鹅就又往葡萄园深处跑。他跑得上气不接下气，一直追得筋疲力尽。管小正也帮着找包，还冲然鹅吼："你快点把包还给人家啊！"

可是然鹅哪会听呢，仍旧四处跑。直到跑累了，才钻进小平房里。

4

看然鹅躲进了小平房，那人欣喜若狂："看我不抓着你！"接着一头扎进了小平房。

然鹅已经把包甩在了小床上。那人赶紧扑过去，抓过自己的包。然鹅趁机从敞开的小门飞了出去。管小正眼疾手快，瞬间把门给关上了，还用锁从外面锁上了。

那人抱着包恍然大悟，使劲地敲打着门："快放我出去！"

管小正说："又没有人拦着你，你要出去就自己出去啊。"

那人继续拍打门，见不起作用，又拽又砸，门还是打不开。他又想从小窗逃出去，可是小窗很小，仅够一个小孩钻出去。他人高

马大的怎么钻得出去?

那人着急了,对管小正说:"小孩儿,你快放我出去吧,我出去以后给你买好东西,你要什么我给你买什么。"

管小正为难地说："我没有钥匙怎么开啊，你稍微等会儿，我去找块砖砸开。"

"你赶快去。"

管小正领着然鹅朝地头走去，稍微走远了几步。这时他想，还是给张老二打个电话吧。"你快过来，这儿有一个陌生人，他说是葡萄批发商，要拉走葡萄，我没让他走，我把他锁在小平房里了。"

张老二说："好，我在路上了，马上就到。"

两三分钟后，张老二来了。

"那个人就在里面。"管小正迎着张老二，神神秘秘地说。

"好。"张老二一边说，一边走向小平房。

张老二透过小窗朝里看，眼前的这个人并不是他认识的批发商。他问："你是来批发葡萄的？我怎么不认识你？"

那人说："听说你们这儿的葡萄好，我来看看，你是当家的吧？我正想找你结账，你们这个小男孩把我给锁起来了。"

管小正大声说："他根本就不想结账，他说你认识他，他拉上葡萄就要走，说以后把钱转给你。"

那人拍着门，叫道："你胡说！"

管小正说："我没有胡说。"

那人又拍着门，说："你有证据吗？"

管小正倚着门，不疾不徐地说："我确实没有证据，但你也确实没给钱就要走。"

那人说："这个小孩撒谎。"

张老二听了两人的对话，笑了笑，说："这个小孩说得对，既然你是来拉葡萄的，那就把葡萄的账结了，一箱葡萄是二百块钱，你一共拉了二十五箱葡萄，那就是五千块钱。"

"你先把我放了。"那人拍着门叫道。

"你先把账结了。"张老二扬了扬头说。

"行行行，先给你把账结了。"那人很不高兴地在小平房里数钱，数完后将钱从小窗户递了出来。张老二一张张地摸着，仔细辨别真伪，确认都是真钞，这才打开了门锁。

门一开，那人就被两位民警擒住。

"这怎么回事？我犯什么错误了吗？"那人挥着手臂，想挣脱民警的束缚。

一位民警厉声道："你别动，跟我们走一趟吧，最近这一带经常有人趁着葡萄园的主人不在来偷葡萄。葡萄是好东西，路过的人吃一串两串解解馋是没有人计较的，可开着车来几十箱几十箱地拉就不是那么回事了。我们经过一段时间的调查，发现你经常出现在马儿多农场的监控里，所以请跟我们走一趟。"

那人说："出现在监控里又不能证明我做了什么坏事。"

"跟我们走一趟就知道了。"

民警把那人带上了警车。

"克噜——克哩——克哩"，管小正唤来然鹅，他还得去粘几个知了。可是张老二不让他走，张老二说："多亏了你，不然我这二十五箱葡萄可就白忙活了，你也看到了，这葡萄一年只结一季，为了这一季，我们起早贪黑，可就是有那么一些不法分子趁园里没人的时候就把葡萄一箱一箱地拉走了。你今天帮了我的大忙，我得好好谢谢你，你想要什么，我给你买。"

"不用了，我还得粘知了呢。"管小正把然鹅抱到车筐里，骑上自行车，瞬间不见了人影。

傍晚，那人已经把他频繁到葡萄园里偷葡萄的事情招了。

马儿多农场不大，有点风吹草动很快就人尽皆知，大家都拍手称快。

小麦的爸爸说："这下好了，他不但得把偷的葡萄折合成人民币还给园主，还得拘留几天，严重点儿还得坐牢。"

"都是小正立的功，等开学了，我给你做一面锦旗，寄到你们学校。"不知道什么时候，张老二来了，还带来了好多葡萄和书。

"这个这个，真的不用了。"管小正不好意思地跑了。这一中午帮张老二看葡萄园，耽误了他粘知了。现在天黑了，他要到那一

排排树底下摸知了猴（知了猴是知了幼虫的俗称）去。

出门前他听到大妈说："行，咱们说好的，你把张老二葡萄园里的袋子都拆了，我陪你去看演唱会。"

"真的，妈你太好了。"小麦喜悦的声音传来，"不过，葡萄园里的活真累啊。假期后半段，我还是预习功课吧，免得到时候学习跟不上。"

 **小·正笔记**

长知识

英国有一个关于儿童安全教育的守则，包括十项内容，被称为儿童十大宣言：

1.平安成长比成功更重要；

2.背心、裤衩覆盖的地方不许别人摸；

3.生命第一，财产第二；

4.小秘密要告诉妈妈；

5.不喝陌生人的饮料，不吃陌生人的糖果；

6.不与陌生人说话；

7.遇到危险可以打破玻璃，破坏家具；

8.遇到危险可以自己先跑；

9.不保守坏人的秘密；

10.坏人可以骗。

第10条是坏人可以骗。在生活中，如果发现对方是坏人，不妨将计就计，想办法把对方骗了。

我和那个人周旋的时候为什么要和他保持距离呢？因为他手里拿着剪刀。剪刀可以剪葡萄，也可以伤人。为了自身的安全，我当然得离他远点儿。这次那人上了我的当，被我关进了小平房，但如果他没上当，硬要拉走二十五箱葡萄呢？我也万万不能为了保住二十五箱葡萄而不顾自己的安危，正如英国"儿童十大宣言"的第三条所说，"生命第一，财产第二"，毕竟生命安全才是第一位的。

知法·小·达人

不能辍学做童工

根据我国法律的规定，用人单位不能雇用童工。童工，是指未满十六周岁，与单位或个人发生劳动关系，从事有经济收入的劳动或者从事个体劳动的儿童。

法律上之所以作出这样的规定，是因为未成年人的身体还处于生长发育期，他们的身体对疲劳的承受和恢复能力均不如成年人，而且在这个时期，未成年人的主要任务还是接受教育、学习文化知识，充实自己，过早地与社会单位或个人发生劳动关系，必然影响学习生活，对未成年人的生理以及心理成长都是极为不利的。这个时期也是学习知识的黄金时期，大家不要为了一时挣点钱而放弃学业，应该在学校踏踏实实读书，努力学习知识，为以后走向工作岗位打下基础。

法律是出于保护未成年人的目的，但这并不意味着未成年人不可以从事任何体力劳动，应该将未成年人在日常生活中从事的家庭劳动、学校组织的勤工俭学等行为与之区分开来，从事这些劳动是为了帮助未成年人全面成长，未成年人并不与任何单位或个人发生雇佣关系，因此这些行为并不在法律禁止的范围之内。

《中华人民共和国劳动法》

第十五条　禁止用人单位招用未满十六周岁的未成年人。

文艺、体育和特种工艺单位招用未满十六周岁的未成年人，必须遵守国家有关规定，并保障其接受义务教育的权利。

第九十四条　用人单位非法招用未满十六周岁的未成年人的，由劳动行政部门责令改正，处以罚款；情节严重的，由市场监督管理部门吊销营业执照。

第九十五条　用人单位违反本法对女职工和未成年工的保护规定，侵害其合法权益的，由劳动行政部门责令改正，处以罚款；对女职工或者未成年工造成损害的，应当承担赔偿责任。

《中华人民共和国刑法》

第二百六十四条 盗窃公私财物，数额较大的，或者多次盗窃、入户盗窃、携带凶器盗窃、扒窃的，处三年以下有期徒刑、拘役或者管制，并处或者单处罚金；数额巨大或者有其他严重情节的，处三年以上十年以下有期徒刑，并处罚金；数额特别巨大或者有其他特别严重情节的，处十年以上有期徒刑或者无期徒刑，并处罚金或者没收财产。

《最高人民法院 最高人民检察院关于办理盗窃刑事案件适用法律若干问题的解释》

第一条 盗窃公私财物价值一千元至三千元以上、三万元至十万元以上、三十万元至五十万元以上的，应当分别认定为刑法第二百六十四条规定的"数额较大""数额巨大""数额特别巨大"。

各省、自治区、直辖市高级人民法院、人民检察院可以根据本地区经济发展状况，并考虑社会治安状况，在前款规定的数额幅度内，确定本地区执行的具体数额标准，报最高人民法院、最高人民检察院批准。

在跨地区运行的公共交通工具上盗窃，盗窃地点无法查证的，盗窃数额是否达到"数额较大""数额巨大""数额特别巨大"，应当根据受理案件所在地省、自治区、直辖市高级人民法院、人民检察院确定的有关数额标准认定。

盗窃毒品等违禁品，应当按照盗窃罪处理的，根据情节轻重量刑。

 读书感悟

第三章 "夜战"知了猴

1

马儿多农场的中午总是酷热难当,尤其这段时间异常干旱,雨水在周边村镇三番五次地下,就是不在马儿多农场稍作停留。

这几天,管小正粘知了的战果并不理想,有时在太阳底下晒两三个小时也粘不到几只知了。他泄了气,晚上拿着手电筒到附近的柳树、杨树下摸知了猴,战果也一般。爷爷说是因为天气热,地里旱,土硬,知了猴往地面上爬的时候扒土费劲,干脆窝在土里避暑。

在马儿多农场,一到六月份的傍晚,好多小孩都会带上手电筒走出家门,到树下挖知了猴。

天擦黑的时候,知了猴还在泥土里,它们用爪子扒拉着土,终于扒拉出一个小窟窿,看到了外面的世界,这时候,人们用手指在小窟窿口轻轻一抠,一下子就能看到知了猴的头,两个手指一捏就能把它拿出来,聪明的知了猴会往洞里缩,这也难不倒抠知了猴的

孩子，他们随便找一根小棍放在窟窿口，等它解除防备往上爬时再擒住它。它被人抓住，张牙舞爪，凶悍得很，但只要不怕它，它就是纸老虎，很快就无计可施了。

抠知了猴也会遇到"意外"，小麦就被知了猴洞里一跃而起的蛐蛐儿吓了一跳，她还挖到过"瞎撞子"。"瞎撞子"是一种甲虫，现在已经很少看到了，但就是这种概率极低的情况却让小麦碰上了。管小正从没遇到过，为此他屡次表示小麦运气不好，连昆虫都欺负她。

天渐渐黑下来，管小正和小麦一起出去找知了猴。地上有个小窟窿，他喜出望外地蹲下来抠，没想到抠开地表的土，里面蹦出来一只不明的黄褐色动物，全身鼓起来，吓得他打了一个趔趄，差点儿摔到地上。目睹了这一切的小麦哈哈大笑。

小麦告诉管小正，这黄褐色动物叫"气鼓子"，类似于蛤蟆或是青蛙，但比它们个头小很多。人们一旦惹到它，它就会把全身鼓起来，像是充满气的气球，如果有人继续惹它，它会越鼓越大，肚皮越来越薄，简直跟透明的塑料纸似的，似乎轻轻一戳就要爆炸，但这并不代表它真生气，也不会真的爆炸，它的目的是吓唬对手。小麦还告诉他，"气鼓子"能用后腿挖一个三十厘米深的洞产卵，估计是他不小心挖到了它的窝，才惹得它这么"生气"。

管小正一肚子气地望着那只冲撞了他的"小气鼓子"，那小东西也瞪着眼睛望着他，好像埋怨他侵犯了它的领地。管小正后退儿步，退出这只"小气鼓子"的势力范围。

"你和一只'小气鼓子'生什么气啊！"小麦取笑他。

"我的魂都快被它吓丢了，哎呀不行，一会儿我得吃根雪糕压压惊。"管小正惊魂未定地说。

"又吃雪糕？"

"算了，天已经黑了，也没那么热了，不吃了。"

"哎，"小米望着手中的知了猴，若有所思地说，"知了猴怎么会想到呢，快爬到地面上了，以为看到了光明，岂料落入了人类的手中。"

"那也有没落入人手、天天在树上叫得高兴的。"

"也对。"

据说知了猴富含高蛋白、高热量、高脂肪，吃了对人体有益，人们把吃知了猴的益处传得神乎其神，吃知了猴的人也越来越多。吃的人多，捉的人自然也多，好多人打着手电筒在树与树之间穿梭。

小米她妈每次看到管小正找知了猴，总要说："找知了猴的人比知了猴还多，哪有那么多知了猴等着你们去找啊？"

管小正逮到知了和知了猴是不吃的，他都把它们卖给了马儿多农场路东侧的饭店。一只知了猴卖八毛钱。他有时一天能卖几十块钱。

"你妈又不是不给你零花钱，你干吗粘知了卖啊？"小麦问他。

"我需要钱。"管小正回答了，却又没正面说出需要钱的原因。

小麦觉得管小正经常做一些常人难以理解的事，也就没再追问。

2

晚上八九点钟，路灯下已经很难找到知了猴了，它们大多爬到了树上——这样更省事，只要找根小棍把它扒拉下来就行，那些爬得高的，有的正在蜕皮。

知了猴蜕皮的过程非常有意思：它们先使劲把背上的皮儿拱破了，身体慢慢地往外挣，它的翅膀一开始是卷着的，随着跟外界接触的面积越来越大，那卷着的翅膀也逐渐伸展开。有一个词叫薄如蝉翼，形容得真到位，蝉翼确实相当薄，薄得透明，待它完全褪尽了皮，浑身泛着淡淡的乳黄色，漂亮极了。再过一会儿，它的身体颜色朝黑色转变，更长的时间后，它就成了黑色的蝉。但马儿多农

场的人不叫它们蝉，叫它们知了。

马儿多农场真期待一场大雨。

这天午饭后，空气异常闷，无论坐着还是躺着，都让人感觉透不过气来。天空中阴云密布，不一会儿打了几个雷。"下一场密密实实的大雨才能让地里的庄稼喝个饱。"爷爷望着天空说。

雨终于在两点多的时候到来了。管小正跑到院子里，在雨里踩着脚，感觉畅快极了。

下过雨，天气凉快了很多。晚饭后，很多人到街边溜达。

管小正和爷爷一起推着奶奶出来散步，遇上张老二骑着摩托车经过，张老二说："我带你去个好玩的地方，去找知了猴去。"

"真的？"一听找知了猴，管小正两眼放光。

"真的。"

"你晚上不看葡萄园了？"

"我大学同学帮我看园，我吃完饭来找你。"

张老二吃饭快，二十分钟后就骑着摩托车来找管小正，小正拉上了小麦一起去找知了猴。

"你们早点儿回来。"爷爷嘱咐道。

"得嘞。"张老二回着，"突突"的摩托车声已经越来越远。

　　张老二骑着摩托车，载着管小正和小麦骑了得有半个多小时，地边上随处可见农药瓶和农药袋。

　　"这农药垃圾扔得到处都是，也不怕污染了环境，万一让不懂

事的小孩捡了中毒了怎么办！"管小正实在看不下去了。

"是啊，今年夏天真有一家农药店被查了，据说这家店里偷着卖'六六六'什么的。"张老二说。

"'六六六'是什么？"管小正问。

"'六六六'是一种农药，毒性很大。"小麦解释道。

"对，'六六六'是国家禁止生产、销售和使用的农药。"张老二道。

"就该查，就该抓，吃出人命可就麻烦了。"小麦恨恨地说。

摩托车在一片树林里停下来。

树林边上有间小屋，小屋里亮着灯，张老二冲着小屋喊："知了猴，在吧？"

"在呢。"

一个黑瘦的叔叔打开家门，和张老二寒暄起来。

管小正着急找知了猴，拽了拽小麦的衣服，小声道："他俩光顾着聊天，上哪儿找知了猴啊？"

"我也觉得奇怪。"小麦疑惑着。

张老二听到了两人的对话，哈哈笑起来："他就是'知了猴'啊！"

"啊？可我们不是找他呀！"管小正尴尬地说。

"找到他就找到知了猴了啊！"

"啊？"

"因为他养了很多知了猴啊，你看我都忘了跟你们说，'知了猴'是我同学，承包了一片地养知了猴，这几年小有成果。为了养知了猴，他风里来雨里去，人也越来越黑瘦，越来越像知了猴，后来大家干脆不叫他名字，直接喊他'知了猴'。"

"哦，这样啊。"小麦惊喜地说。

"知了猴还能养啊？"管小正对养知了猴很感兴趣。

"你听'知了猴'跟你们介绍介绍。"张老二把身子一闪，黑瘦的"知了猴"站在了他俩面前。

"我来告诉你们，这知了猴是怎么养的。""知了猴"打开了话匣子。

这些年村镇不断建设升级，高楼起了不少，沥青路铺了不少，树木也砍伐了很多，粮食产量虽然提高了，但农药污染很严重，这些都破坏了知了猴的生存环境，导致农村的知了猴越来越少，但吃知了猴的人却有增无减。"知了猴"看到了商机，开始研究养殖知了猴。

"知了猴"为了养知了猴可真没少费心，从知了猴钻土的六月中旬开始，他就在树林里研究知了猴的习性，三四年后，他将摸索

到的规律用在了养殖基地：知了一般在每年八月份开始将卵产到枝条上，十月份前后，他四处采集带有知了卵的枝条，随后对枝条进行整理、分级、打捆，接下来把枝条放到基地的孵化室储存，第二年五月份开始孵化。

"你怎么知道哪根枝条上有蝉卵呢？"

"这个容易啊。""知了猴"随手拿起一根枝条，"你们看，这是带蝉卵的枝条，枝条的一部分是光滑的，但另一部分能看到明显的裂痕，把枝条掰开，树枝里藏着的就是一粒粒白色的卵。"

"哇，真的看得到啊！"管小正惊奇地说。

"这些卵要在高温孵化室孵化才能成为幼虫，幼虫钻进土里，靠吸收根的营养维持生命，两年之后，它们就长成知了猴，就是你们看到的样子了。""知了猴"言语间不无得意。

张老二补充道："知了猴对环境要求很高，为了使幼虫不受侵害，'知了猴'承包的这片树林从来不打药。"

"你们看，这树叶都让虫子吃得一个窟窿又一个窟窿，我也不去管它，小鸟们倒是喜欢我这片树林，来树林里安家落户的鸟雀越来越多，还有红隼、猫头鹰等珍稀鸟类呢。""知了猴"抬头朝树上看。

"真的吗，它们长什么样啊？"

"你来看看不就知道了。"

"那好，等我有时间就来观察它们。"管小正兴奋极了。

"欢迎欢迎。""知了猴"呵呵笑起来。

"你们别聊了，再聊就错过摸知了猴的黄金时间了，你们这位'知了猴'叔叔一晚上能摸一万多只知了猴呢。"张老二催促道。

"一万多只啊，那得多少钱啊？"管小正吃惊地算着，"我知道今年知了猴的行情比较好，一只能卖八毛。哇，一天收入八千块钱。这么多！"

"钻研才能改变人生嘛。"张老二笑起来，"这一片树林子都是他的，你们去摸知了猴吧，不用一个小时你准能摸一两百个。"

"这么神？"

"不信你们试试。"

"那你们呢？"

"天天摸知了猴，我还不得累死，今天正好我歇工。""知了猴"伸了个懒腰说。

"歇工可就少赚八千块钱呢。"管小正惋惜地说。

"这你就不懂了吧，干什么都得绿色循环养殖吧，利润再高也不能不顾及知了猴的生存吧，也不能把所有的知了猴都摸了放到餐桌上吧，总要留一部分让它们变成蝉产了卵，日后才会源源不断地

有知了猴吃啊，所以'知了猴'才会每隔十天歇一个工啊。"张老二一本正经地望着他俩。

"好啦，我们去摸知了猴了。"小麦催促着。

"用我们陪你们去吗？"张老二不放心地问。

"不用不用，这儿都是树，没什么好怕的。等等，我先去个厕所，厕所在哪儿？"管小正着急地问。

"在树林西边。""知了猴"往西边一指，管小正快步跑过去。

"孩子，这里的信号弱，给你们一个报警指南针，能当手电用，还能报警。迷失方向时用它。""知了猴"递给小麦一个手表一样的东西，还教了小麦用法。

3

管小正上厕所回来，小麦打开报警指南针，用指南针发出的光照着前面的路，朝树林里走去。

"你们别走太远。"

"哎，你手里拿的是手机吗？这亮度挺高的啊！"

"不是，是报警指南针，用处挺多的，咱们找知了猴可以用它照明。"

"真不错，我看看。"

管小正拿到手里，左看右看："这上面好几个键，看起来功能很强大。"

"不要乱摁。"

"我没乱摁，我就看看。"

"这个键是照明的，那个键是听收音机的，还有这个键是什么，panic，什么意思？"管小正用手按了一下，只见那LED（发光

二极管）灯闪了几下，随后周围响起警报声。

"你摁键了？"小麦问。

"没有没有。"管小正搪塞着。

"那这警报声从哪儿来的？"小麦又问。

"没准是哪儿出事了吧，咱们别管了，快看，你前面树上有只知了猴。"

"我来了，往哪里跑。"小麦迅速把知了猴收进布袋里，"数数我摸了

几只。"

LED灯闪了30秒后停了，管小正小心地深呼吸一口气，跟在小麦后面，一边摸着知了猴，一边往树林深处走。

约莫过了五分钟，张老二和"知了猴"跑来了，气喘吁吁地问："你们没事吧？"

"没事啊。"

"没事摁什么警报！""知了猴"恼了，冲他俩大声吼道。

"啊？没摁啊。"小麦说着。

"没摁我屋里的警报怎么会响呢？"

"肯定是你摁的！"小麦生气地瞪着管小正。

"我也不知道什么时候摁的。"管小正不好意思地说。

原来，panic是报警键，摁了panic键，平房里的接收器接收到了信号，警报响了，这下把张老二和"知了猴"吓坏了，"以为你们遇到了蛇什么的，但你们的位置总是移动，蛇可拖不动你们，莫不是让野兽给拖走了，哎呀哎呀，幸好没事。"张老二摸着心脏，显然被警报声吓着了。

"你俩还摸不摸知了猴了？""知了猴"也吓得够呛。

"摸啊，刚刚真是，我没想到，真对不起。"管小正忙道歉。

"那你们快点儿，半个小时后咱们就回家，我可禁不住你们俩这么吓唬。"张老二下了命令。

"好好好。"管小正使劲点着头。

待两个大人离开树林，小麦哈哈笑起来："这次你可把他们吓着了。"

"仅此一次，下不为例。"管小正闹了笑话，面子上有点过不去了。忽然小麦脚下出现了蓝绿色的火焰，管小正大声叫道："鬼火！"

"在哪儿？"

"你脚下。"

"啊，真的啊。"

只见那"鬼火"若隐若现，飘忽不定，吓得小麦惊惶失措。

小麦喊叫着四处跑，可那"鬼火"一直跟着她。

"你快救我啊。"

"哈哈，你跑也没有用，这是由磷元素引起的，不是真的鬼火。"

"它是怎么来的？"

"人类与动物身体中都含有磷，这些磷以磷的化合物的形式存

在。当尸体腐烂，磷的化合物渗入土中，分解形成磷化氢，夏天温度高，磷化氢气体容易自燃。于是，'鬼火'出现了。"

"可为什么我走到哪儿，'鬼火'就跟到哪儿？"

"很简单啊，现在四周没有风，磷火很轻，你动的时候空气跟着流通，磷火就跟着空气飘了呗。"

"我还以为是'鬼火'追人呢，吓死我了，你这个家伙，看我不打你。"小麦叫着跑向管小正，管小正一看小麦当真要打他，赶紧跑开。

"哈哈，你这个胆小鬼。"管小正笑着，跑着，"哎哟——"

4

管小正跑得正欢，冷不防一个趔趄，掉到了沟里，腿上被什么东西划了一下，疼得他直咬牙。

"怎么了？"小麦停下脚步得意地笑道。

"这下你高兴了，哎哟。"管小正咬着牙，往沟沿上爬。

小麦听他的声音有点不对劲，伸出手把他拽到沟沿。

"摔疼了？"

"我的腿。"管小正吃力地说。

小麦拿报警指南针一照，呀，半条腿都是血。

"怎么弄的？"

"我也不知道。"

"看着像是藤蔓划的。快摁报警键。"

"嗯。"

"嗡嗡嗡嗡……"警报响了。

"张老二和'知了猴'收到信号，一会儿就来了，别着急。"小麦安慰道。

两人等了几分钟也没见人影，打电话，电话没信号。

"要不，我们大声喊吧？"小麦说。

"喊什么喊，他们看到我的腿受伤了，肯定得笑话我。"管小正不同意。

"那好吧，我先给你止住血。"小麦说完，将报警指南针对准草丛，草丛里长着各种各样的植物，她在灯光下搜寻着什么。

"你找什么？"

"草药。"

不一会儿，小麦从地上拔了几棵野菜。

"这是什么？"

"萋萋毛，也叫小蓟，是一种野菜，有消炎的作用。"小麦把萋萋毛上的毛毛摘干净，小心地放在手心里揉搓，"得小心这叶子上的细毛毛，弄不好就能扎着人。"

"可信吗？"

"当然可信。"

小麦把那萋萋毛揉出了绿汁，涂到了管小正的伤口处。那伤口让绿汁一杀，疼得他直叫唤。

"没事没事，疼也得忍着，一会儿就好了。"小麦淡定地说，"谁让你刚刚吓唬我来着。"

"我那就是开个玩笑。"

"吓得我心都快蹦出来了，还开玩笑。"

"以后不开了，我们赶紧回去吧。"

"你这腿能走吗？"

"不能走也得走啊。"

在小麦的搀扶下，管小正一瘸一拐地走回了树林南边的小屋。

张老二和"知了猴"正在商议着明年开发农家院的事，见管小正一边走路一边"哎哟"叫着，忙上前了解发生了什么事。

"警报叫了吗？"

"叫了啊！"

"你们怎么不来啊？"

"我们以为你们玩'狼来了'的游戏呢！"

"这次是真的。"

"让我看看。""知了猴"仔细查看管小正的伤口，"伤得不严重，皮外伤，结了痂就好了。"

"这孩子原本一门心思要夜战知了猴，结果——哈哈。"张老二哈哈笑起来。

"你们……这是个意外，等我腿好了再来战——"管小正不服气地说。

小·正笔记

长知识

张老二和"知了猴"急匆匆地找我们，是因为我不小心摁了报警指南针。

之前，小麦让我别乱动报警指南针，虽然我没看懂英文，但我还是认为摁了也没什么大不了，没想到闹了个大笑话，害得张老二和"知了猴"为我们担心。

第二次我让藤蔓划伤了，又摁报警指南针时，张老二和"知了猴"以为我们闹着玩，以为我们上演"狼来了"的戏码，没来帮我们，我只好一瘸一拐地走回了小屋。

我奉劝朋友们，千万不要搞恶作剧，我这真是自作自受啊。

知法小·达人

《中华人民共和国环境保护法》

第四十九条 各级人民政府及其农业等有关部门和机构应当指导农业生产经营者科学种植和养殖，科学合理施用农药、化肥等农业投入品，科学处置农用薄膜、农作物秸秆等农业废弃物，防止农业面源污染。

禁止将不符合农用标准和环境保护标准的固体废物、废水施入农田。施用农药、化肥等农业投入品及进行灌溉，应当采取措施，防止重金属和其他有毒有害物质污染环境。

第六十三条　企业事业单位和其他生产经营者有下列行为之一，尚不构成犯罪的，除依照有关法律法规规定予以处罚外，由县级以上人民政府环境保护主管部门或者其他有关部门将案件移送公安机关，对其直接负责的主管人员和其他直接责任人员，处十日以上十五日以下拘留；情节较轻的，处五日以上十日以下拘留：

（一）建设项目未依法进行环境影响评价，被责令停止建设，拒不执行的；

（二）违反法律规定，未取得排污许可证排放污染物，被责令停止排污，拒不执行的；

（三）通过暗管、渗井、渗坑、灌注或者篡改、伪造监测数据，或者不正常运行防治污染设施等逃避监管的方式违法排放污染物的；

（四）生产、使用国家明令禁止生产、使用的农药，被责令改正，拒不改正的。

《中华人民共和国食品安全法》

　　第四十九条　食用农产品生产者应当按照食品安全标准和国家有关规定使用农药、肥料、兽药、饲料和饲料添加剂等农业投入品，严格执行农业投入品使用安全间隔期或者休药期的规定，不得使用国家明令禁止的农业投入品。禁止将剧毒、高毒农药用于蔬菜、瓜果、茶叶和中草药材等国家规定的农作物。

读书感悟

第四章　隐秘的假面人

1

日上三竿，躺在家里都能感受到外面热浪滔天。管小正不怕热，往常这个时候他早惦记到太阳底下粘知了了，知了是天越热叫得越欢，但前两天的"夜战知了猴"让他疲惫不堪，必须得在家里养一养。

"当当当当……"老挂钟摇摇摆摆地敲了十一下。小麦扯了扯躺在床上发呆的管小正，说："我们该准备做饭的材料了。"

大妈按时上下班，平时都是她回来做饭。放暑假了，午饭就交给了三个孩子。小米又忙着去同学家复习，做午饭就变成了管小正和小麦的工作。

管小正懒洋洋地从床上爬起来，和小麦一起来到厨房。大妈早上出门时交代过，十一点时两人把菜择好洗好，把材料准备好，再把馒头热好，等她回来炒两个菜就能开饭了。

小麦往锅里倒上水，搁上馒头，拧开天然气开关，突然听到大

门口传来敲门声。

"有人吗？"

"谁啊？你认识？"管小正关了水龙头，问。

"听声音是一个粗嗓门，应该不认识。"小麦答。

大门没锁，两人探头望向窗外，小麦高声问："谁啊？"

一个身材高大的人走进院子，她扎了一个辫子，穿了一件印有××外卖的上衣。

"送外卖的，您订的全家桶。"那人说。

"克噜——克哩——克哩"，小麦还没出门，然鹅已经扬着脖子迎了过去，大概看到来人陌生，它"克噜——克哩——克哩"地叫起来。

"我妈不是说不让吃外卖吗？她也没说订全家桶啊，难道突然给咱们订了好吃的？"小麦自言自语着来到院子。

管小正甩了甩手上的水，也往院子里走。这时，他听到送外卖的人说："哎呀，忘记带饮料了，你等会儿，我给你送过来，或者你跟我去拿吧。"

"那我跟你去拿，省得你还得跑一趟。"小麦跟上前去。

"克噜——克哩——克哩"，然鹅追到小麦前面，用嘴咬着小麦的衣服，把她往后拽。

"你别捣乱，我去取外卖。"小麦斥责道，但然鹅仍旧不松口。她只得蹲下身来好好跟然鹅解释。

按理说，然鹅不会无缘无故阻拦些什么，这次然鹅是发现了什么吗？管小正看到这一幕觉得事有蹊跷。正在这时，口袋里的手机响了。小米在家人群里问："午饭吃什么？"

管小正说"正在做"，回完，听到"克噜——克哩——克哩"

的叫声，他立刻在群里追问："有人给我们订全家桶吗？"

大伯回复"没订"，大妈也回复"没订"。管小正心想"糟了"，他赶紧冲还没走远的外卖员和小麦喊道："哎，全家桶的钱是不是到付的呀？钱是不是还没给呀？小麦你过来，你把钱拿给人家呀，省得外卖阿姨再跑一趟。"

外卖员和小麦说着什么，大概是让她回去拿钱之类的吧，接着然鹅松了嘴，小麦往回跑，待一人一鹅跑到家门口，管小正一把把小麦和然鹅拉进屋里，迅速地把门关上，结结实实地给门上了锁。

小麦问："你干吗呀？"

管小正说："那是个骗子。"

小麦说："不太可能是个骗子吧，那是个女的。"

"女人就没骗子了吗？难道骗子都是男的吗？咱们家没人订全家桶。"

"你怎么知道的？你问了？"

"当然问了，就你这智商真让我着急。她要不是个骗子，肯定会回来送全家桶，还得问咱们要钱，她要是个骗子，肯定知道咱们怀疑她了，不敢再回来了。"

管小正的话唬得小麦一愣一愣的，吓得一身冷汗。

两人神情紧张地盯着门口，那个送全家桶的人没有再回来敲门。

管小正说："怎么样，我的判断是正确的吧？"

"哎，你确实是正确的，你总是正确，不过，咦？"小麦吸了吸鼻子，"什么味儿？"

"我也闻到一股煳味儿。"管小正也吸了吸鼻子。

"锅，锅，是锅煳了。"小麦一拍大腿，跑向厨房。

厨房冒着黑烟，一股呛鼻子的味儿。

"煳了。"管小正叫道。

"天哪，幸亏不是油锅，要是油锅里的火起来，还不得把房子引着了。"小麦捂着鼻子往后退了一步。

"得赶在大妈回来之前把'煳锅现场'处理好。"管小正说着，关了煤气开关，打开门窗通风透气。

"是啊，你也不看好锅。"小麦埋怨道。

"我要是光顾着看锅，你还不得被人拐跑了啊！再说，明明是你热的馒头，我负责的可是洗——菜。"管小正回道。

"这么看来，是我的问题。"小麦理亏，不敢回嘴了。

"那必须的。"

两人没忙活完，下班回来的大妈在大门口就闻到了煳味。

小麦把管小正推到前面，让他把事情的来龙去脉说了一遍。管小正据实讲起，大妈听得头皮发麻，拉过小正和小麦左看右看，"你们俩没事就好，锅煳了没关系，还可以再买，但人要是被拐走了，我们上哪儿找去。不过我得提醒你俩，下次热馒头要在锅里

多放点儿水，热馒头的时候不要忙其他的事，万一起火，后果很严重。"

"嗯，我们知道了。"

"我看这馒头也煳了一半，今天就吃打卤面吧，我现在就做。"大妈说。

2

第二天，小麦和管小正去十里栏赶集，回来的路上，管小正的车链子掉了，他冲前头的小麦说："等等我，车链子掉了。"

路边的知了没完地叫啊叫，小麦一直往前骑，没有听到他说车链子掉了，也没发现他落在了后面。

管小正只好自己下车安车链子，弄得满手都是黑乎乎的油。

小麦骑着自行车来到马儿多桥头时，有个穿着花裙子、烫着波浪卷儿的高个子女人站在三轮摩托车旁冲她招手。小麦在她跟前停了下来，招呼管小正，可是没有回应，扭头一看，他不在身后。小麦有点紧张，想骑上自行车赶紧回家，但波浪卷儿哀求道："你能不能帮帮我啊，我去我姐姐家，但是找不到路啦。"

小麦看她可怜，就把脚从脚蹬上放了下来，问："你知道你姐姐家在哪儿吗？"

波浪卷儿说："知道知道，手机里有定位，但是我分不清东南

西北了，你帮我看看。"

"让我看看。"

波浪卷儿拿着手机，离小麦越来越近、越来越近……

"克噜——克哩——克哩"，然鹅飞了起来高声叫着，紧接着一个俯冲，疯狂地啄着波浪卷儿的头发。

"这是怎么回事啊？这只，这只，这是只会飞的——鹅。"那人一边叫着一边用胳膊打了然鹅一下，然鹅疼得"克噜——克哩——克哩"直叫。

管小正已经安上了车链子，正骑着呢，听到了然鹅的惨叫，估计是出了什么事，于是把自行车蹬得飞快。

"然鹅，你没事吧？"小麦抱着然鹅，然鹅的眼睛直直地盯着小麦身后，小麦从然鹅的眼睛里看到波浪卷儿正在靠近她，她正要回头看个究竟，管小正的喊声传来："你们在这儿干吗？"管小正追过来了，他看到波浪卷儿离小麦越来越近，手里好像还拿着什么。

小麦抱起然鹅，说："这个阿姨问我她姐姐家怎么走，我来给她找找路。"

"你哪知道路啊！快点儿回家吧，爸妈刚打过电话了，他们看咱俩还没回来，要过来接呢。"

小麦说："那阿姨您再去问别人吧，我们要回家啦。"

"哎，你帮帮我吧，你要是不帮我，我可找不到我姐姐家了。"波浪卷儿开始抹眼泪。

　　小麦动了恻隐之心，转身还要说什么，被管小正硬拉过来。他转身对波浪卷儿说："你要是不认识路，可以找民警啊，要不我帮你打电话叫民警？"

"不用不用，你们赶紧回家吧，也许我一会儿就想起来了。"
波浪卷儿冲他们摆摆手。

　　管小正催促小麦骑快点儿。

　　小麦不解地问："你着什么急啊？我爸妈真说要来接我们？"

　　管小正说："他们根本没说要来接我们，那是我胡诌的。你没
看出那人不是好人吗？"

小麦说："怎么会呢？她不过就是问个路。"

管小正说："她问你路？你觉得可能吗！她是个大人，怎么会向孩子问路呢？她要问也应该问大人呀。大人向小孩子求助，这里面一定有问题。"

小麦说："你说的也对哦，好像真是这么回事儿，然鹅还啄她头发了，她把然鹅打伤了。"

"她胆敢打然鹅，太过分了。"管小正望着然鹅，"你没事吧？"

然鹅懂事地摇摇脖子。

"我觉得她不像好人。"管小正推测道。

"听你这么一说，我倒想起来了，这个人的声音跟昨天给咱们送全家桶的那个人的声音特别像。"

管小正眼睛放着光："你确定？"

小麦说："我确定。"

"这么说，我们有必要去了解一下这件事的内情。"

小麦说："好呀，看来要有大事发生了。"

3

管小正和小麦迅速地回到家，各自换了一身衣服，还都戴上了太阳帽。

"为什么要换衣服？"小麦问。

"避免让她认出咱俩呀。"管小正说。

两人把然鹅放在家里，让它好好待着养养伤。

他们骑着自行车沿着原路返回，到马儿多桥附近时把自行车藏到烂尾楼附近的草丛里，两人趴在堤坝上远远地观察着波浪卷儿的行踪。

远处过来一个骑车人，"那不是'我也是'吗！"小麦说。

"'我也是'是谁？"管小正一脸疑惑的表情。

"'我也是'是我同学，真名叫小迪，她胆小又害羞，反应经常慢半拍，老师问，课文背过了吗？我们都答背过了，但她不说话，老师就问，小迪你背过了吗？她答，我也是。后来我们就给她起名叫'我也是'。"小麦哈哈笑起来，但很快又不笑了。"不过，她开学后就要退学了，她爸妈说上学没用，要让她跟着出去打工。"

"你们居然给同学起外号！她爸妈要让她去打工？"管小正还想说什么，却把到了嘴边的话咽了下去，因为他们看到波浪卷儿把小迪拦了下来，两人正在说着什么。突然，波浪卷儿捂住了小迪的嘴巴，并拿什么东西塞到了她嘴里，又捆住了她的胳膊，还给她头上套了个袋子，最后把她抱进三轮摩托车上。

"你看嘛，波浪卷儿就是个坏人。"管小正着急得直跺脚。

"怎么办？"小麦也慌了，"过去救她。"

"不行，就凭咱俩？人家骑的是摩托车，咱俩根本追不上。"

"那怎么办？"

"我马上报警，你打电话给大伯，告诉他发生的一切。"管小正指挥道。

这时摩托车已经启动，往正北方驶去。管小正的报警电话接通，"我们发现了一个坏人，那女人穿花裙子，烫着波浪卷儿，身材挺高的，长得也挺壮的，她把马儿多农场的小迪抱到三轮摩托车上了，那车是红色的，车上还放着一捆葱和一把芹菜，那车现在往北边去了，到了北边的路口又往东边开了。"

这时，远处传来"克噜——克哩——克哩"的鹅叫声。

"是然鹅，它可真不听话。"

"它没在家养伤啊。"

"有然鹅在，小迪一定会找到的。"管小正说。

小麦的电话也通了，她告诉爸爸小迪出事了，让他赶紧通知小迪的家人。小迪的父母都在外面打工，家里只有爷爷和奶奶。爸爸把电话打到她的爷爷奶奶家，两人一听小迪出事了，号啕大哭起来。爸爸只好挂了电话，开着车往马儿多桥赶。

警车很快来到了马儿多桥，管小正又向民警描述了那人的长相、体型、身高等细节。小麦的爸爸也开车来到马儿多桥。小麦都快急哭了，小迪是她的同学，万一出点什么事可怎么办呀？

"放心吧，我们已经调取了各个路口的监控，小迪很快就会被找到的。"一位民警说。

"我们能一起去找小迪吗？然鹅应该会跟着红色摩托车的。"管小正请求道。

"然鹅是什么？"民警问。

"是我们养的一只鹅。"管小正急忙说。

"民警同志，这只鹅很有灵性，它能提供一些线索，你们就让我们一块儿去吧。"大伯说。

"那只有名的白鹅？"民警面露喜色，"那行，但你们要和警车保持距离，把车门锁好，不能随意下车。"

"好的，放心吧。"

管小正和小麦坐上大伯的车，远远地跟在警车后面。车一直开了两三个小时，警车在一个叫罗家庄的村口停下了，在村子边一座废弃的厂房里发现了波浪卷儿的红色三轮摩托车，但是人不见了。监控里也没有波浪卷儿和小迪的身影。

"克噜——克哩——克哩"，然鹅拍打着翅膀叫起来，紧接着在罗家庄一棵树的周围盘旋。

"民警同志，我家鹅没有追到更远的地方，我想小迪应该就在这附近。"

"嗯，谢谢你们，我们会利用各种技术手段寻找的，你们午饭

还没吃吧？别饿坏了孩子，快回去吧！再说，你们一直跟着我们，我们也要考虑你们的安全，坏人可是什么事都能做出来的。"

"好吧，一有消息请尽快通知我们。"大伯对此表示很理解。

"好的。"

大伯做了姐弟两人的思想工作，又把然鹅唤到车里，他们开着车回到马儿多农场的小迪家，她的爷爷奶奶哭得上气不接下气，有两位民警在问他们一些问题，比如有没有跟什么人有过节儿，会不会是亲戚接走了，小迪平时跟什么人有来往，等等。老两口儿都说没有。

小麦心里慌极了，她说："小迪肯定是遇到坏人了。"

等啊等，一直到晚上，管小正他们才听到了最新消息：民警调取了监控，也在一段时间里锁定了波浪卷儿和小迪的位置，但是在一个拐角处她们消失了。

"这是监控盲区，显然这个人很熟悉当地的路况，还摸准了哪儿是监控盲区。"大伯分析道。

虽然监控出现了盲区，但大家都觉得很奇怪，她们总要在其他监控点出现的，但为什么周围的几个监控点没有发现她们的身影呢？

"难道是钻地道出去的？"小麦问。

"不太可能，这个村子周围都是沙土地，挖地道容易塌。"大伯说。

这个时候，马儿多农场的论坛都在讨论着小迪的事情，小迪的照片和骑三轮摩托车的人的长相描述也出现在了论坛里。

大家一直等啊等啊，还是没有事情进展的消息。

民警四处寻找线索，挨家挨户地找，没有新的发现。第二天，几位上了年纪的爷爷奶奶拎着马扎来到大树底下乘凉。民警走上前去询问，据爷爷奶奶们仔细回想，都说没有看到这两个人。民警正在失望之际，突然一个爷爷说："烫波浪卷儿的女人和长头发的女孩是真没看到，倒是有一个留着板寸的男的领着一个留着板寸的小男孩走过，这两人我还是头一次在村里见。"

经他这么一说，另一个奶奶也回忆道："那个小男孩长得挺秀气的。"

留着板寸的小男孩？秀气？

管小正得到这些消息，琢磨着毫无头绪的案件，只见然鹅用嘴衔着管小正换下的衣服，把衣服拖到他面前。管小正看着那件衣服，那是他和小麦赶集回来换下的衣服，他们换下衣服后才又返回了桥头，他突然说："大伯，为了不让波浪卷儿认出我们，我和小麦特意换了衣服……你说他们会不会把小迪假扮成男孩啊？"

"极有可能。"大伯若有所思道。

4

管小正和小麦担心得一夜没睡，大清早就让大伯去问小迪找到了没有。

大伯经不住两个孩子的再三追问，只好打电话询问。

民警们也一夜没合眼，大伯打完电话告诉孩子们好消息——小迪找到了。

事情的经过是这样的：

经过调取监控和大量的调查分析，民警在一个路口把留着板寸的男人拦下了，但是没有发现小迪。根据监控对比，这人的身高和长相跟波浪卷儿极为相似。

小迪去了哪里？

板寸男人说他不认识叫小迪的，他遇到的是一个小男孩。小男孩找不到家了，他想帮他找家，但是到路口时，小男孩跑了。他也不知道小男孩去了哪里。

事情太蹊跷了。

民警又在村子里走访。凌晨一点多时，整个村子安静极了，但有一户人家的灯却还亮着，民警们侧耳听，隐约听到洗澡的声音，还听到一个男人说："你乖乖听话，过几天我带你去找你爸妈。"

民警敲了这家的门。

"谁啊？"

"派出所的，快点儿开门。"

屋里的洗澡声和说话声都停了。过了好一会儿，才有一个四十多岁的高鼻梁男人开门。民警们在白天挨家挨户搜查时见过这个高

鼻梁。

民警把屋里屋外寻了个遍，也不见小迪的影子。

高鼻梁一直跟民警絮叨："民警同志，你看这是洗手间，洗手间后面连着厨房，这是客厅，这是卧室，你们白天不是来过了吗？我家要是藏着人，还不是一眼就看到了吗？你看看，我家除了我，哪还有什么人啊？"

"刚才的洗澡声和说话声，从哪儿传出来的？"

"我手机里的啊，我正在网上看电视剧呢。"高鼻梁边解释边掏出手机。

"收起手机来吧。"其中一位民警说道。这事情实在蹊跷，但问题出在哪儿呢？民警们环顾四周，不肯放弃眼前的线索。

这时，不知道什么地方传出"噗"的一声，这一声"噗"引起了在场所有人的高度注意，高鼻梁紧张地说是一只猫打了个哈欠，民警才不信这一套呢，又继续搜寻。在搜查无果之际，院子里传来猫头鹰的叫声，他们往空中看去，正巧看到了然鹅在其周围盘旋的那棵大树，民警想起管小正之前说的然鹅或许能提供一些线索的话，他们就爬上大树，往下一看，发现洗手间和厨房之间有露天的半米多宽的窄道。他们继续搜查，发现洗手间的一面墙是可以推开的，小迪就被关在了窄道里。窄道的一侧墙边还备有一架梯子，以便随时逃到外面。

高鼻梁眼见事情败露，眼皮一下子耷拉了下来。

　　"看来然鹅立了大功呢。"小麦心疼地搂着然鹅的脖子，直冲它竖大拇指。

　　在小迪家，小麦看到了与她朝夕相处的同学。但是小迪的长头发不见了，她理着一个板寸，穿着件白T恤，不仔细看根本认不出来是女孩。

　　原来送外卖的粗嗓门、波浪卷儿、板寸是同一个男人假扮的。他是个人贩子，之前男扮女装送外卖是想把小麦拐走，不料被管小正识破；他又戴上假发，化身"波浪卷儿"，到了马儿多桥头拐骗了小迪。他怕民警抓他，在逃了几十公里后摘掉了波浪卷儿变回原来的板寸头的模样。罗家庄的高鼻梁是他的同伙。民警在他家里搜到了一张路线表，路线表下面有个电话号码。据他交代，他将要把小迪送去给那个电话号码的主人，那个电话号码的主人再把小迪转卖给其他的人。现在这个团伙的成员都被抓了。

　　"男扮女装啊，我只猜中了波浪卷儿会把小迪'改头换面'，却没想到坏人自己也是三番五次'改头换面'，这人坏起来真是什么办法都想得出来。"管小正握着拳头，愤怒地说。

　　小麦拉着小迪的手，着急地询问事情的经过。

　　"民警都来了，你为什么不大声喊救命啊？"

　　"我为什么要喊救命啊？"小迪不解地问。

　　原来，她被波浪卷儿拐骗后，在一个僻静的地方，波浪卷儿迅

速给她剃了头换了衣服，把她送到高鼻梁家里，高鼻梁跟她说，是因为爷爷奶奶不让她去找爸妈，才把她绑起来的。

"这个叔叔对我好，他给我好多好吃的，给我洗澡，还说要带

我去找我爸妈，我干吗要喊救命？我已经有五六个月没见过我爸妈了。"说着，小迪掉下眼泪来。

"他给你洗澡了？"小麦的关注点并不在她想见她爸妈这儿。

"嗯，是他给我洗的。""我也是"点点头。

"天哪！"小麦简直要气炸了，"你是女孩，你怎么能让叔叔给你洗澡啊！"

"没人告诉我不能让叔叔给我洗澡啊，我爸妈在外面打工呢，根本顾不上我。"小迪噘起了嘴，神情落寞。

"孩子，妈妈对不起你啊！"门口传来痛哭声。

小迪抬起头，惊喜地说："咦，妈，还有爸，你们怎么回来了？"

"你爸妈接到你被陌生人带走的消息后，以最快的速度赶了回来。"大伯说。

"孩子，这件事让我们彻底想通了，这次回到马儿多农场，我们就不回城里打工了，在马儿多农场种蔬菜也一样能过上好日子。"小迪的妈妈搂着她，内疚地说。

"叔叔阿姨，我听说你们不打算让小迪上学了，《义务教育法》里有规定，中小学生必须接受义务教育。"

"哎，我们当时一时糊涂，确实打算今年秋天带她到城里打工的，现在想想她才十三岁，没有知识没有文化能打什么工啊？眼下我们已经决定留在农场了，小迪就踏踏实实地上学吧。"

"真的吗？你们不走了？"小迪开心地问。

"不走了。"她的爸爸和妈妈对视着，坚定地说。

这一幕，让在场的很多人落下泪来。

"民警说波浪卷儿和高鼻梁涉嫌拐卖儿童罪和猥亵儿童罪，肯定要判刑的。派出所的人还说，家长可以提起民事诉讼，获得一定的赔偿款。他们现在就在排查监控盲区呢，争取这两天在监控盲区都安上摄像头，以防有不法分子再用同类手段作案。"大伯说。

"幸好只是有惊无险。"大妈说。

"是啊，这可比那些探案故事吓人多了，还好小迪没事，哎呀，我得吃根雪糕压压惊。"管小正从冰箱里拿了一根雪糕，顺手给小麦也拿了一根。

"这事我听着都怪吓人的，小迪经历了这些，心理健康肯定受影响了吧？"小米一脸惊恐地说。

"民警已经帮忙联系了心理咨询机构，小迪和她爸妈需要心理疏导。"

"那就好。"

"对了，你们给小迪起个什么名不好，偏偏叫'我也是'，这个外号太不好听了吧！"

"我们都习惯了。"

"这样的习惯可不是什么好事，你忘了你被同学欺凌的事了？给同学起不好听的外号，这也算校园欺凌，你们叫她'我也是'，她心里肯定不高兴，但又不敢说。"

"哦，你说得对，我怎么就没想到她听到这个外号会不高兴呢，那以后我不再叫她'我也是'了。"

"也劝别的同学不要再这么叫了。"

"嗯。"

小·正笔记

长知识

独自在家讲安全

一个人在家的时候，如果有陌生人来敲门，或者有陌生人说，"我是送快递的"，"我是收水费的"，你一定要问清楚家人是不是有快递要送来，是不是水费要交了，以防有人打着送快递或是收水费等的幌子做坏事。

在家做饭的时候，一定不要三心二意。天然气打着了后，一定要守在旁边，不要因为忙别的而忘记了做饭的事；如果有事要离开灶台，一定要把火关了。

炒菜时，如果锅里油太热，冒起了火，千万不要往里面泼水，而要迅速关掉天然气开关，拿一只锅盖把油锅罩上。如果还没灭，就要在锅盖上覆盖一条湿毛巾，有助于把油火灭掉。

提防绑架和拐卖

有陌生人向你问路或寻求帮助，你一定要提高警惕：真正遇到困难的大人会向有能力的大人求助，而不会向比他们更加弱小的孩子求助。遇到陌生人求助一定要冷静，如果发现蹊跷，要想办法脱身；报警的时候一定要说清楚对方的长相、穿着、身高等特征；尽量不要一个人外出，尤其是在人少的时候，更不要一个人去偏僻的地方。

波浪卷儿想要拐走小麦时，我为什么要说"爸妈刚打过电话，要来接我们"这种话呢？因为坏人是心虚的，他害怕事情败露，只要稍微吓唬他一下，他就不敢再做坏事了。

预防性侵害比事后补救更重要

英国儿童十大宣言的第二条是"背心、裤衩覆盖的地方不许别人摸"，意思是说你的身体属于自己，他人不得冒犯，我更想告诉大家，不只是背心、裤衩覆盖的地方不许别人摸，身体的任何一部分都要注意不要被人侵犯。女童保护组织调查2018年儿童性侵案分析显示，熟人作案占据7成，因为熟人更容易利用便利实施性侵。所以，即使是认识的叔叔、阿姨，说要看一下或者摸一下你背心、裤衩覆盖的隐私部位，也是坚决不可以的。有人一旦这么做，就是性侵，就是猥亵。还有人认为我们男孩不会遇到性侵，这是错误的认识。在泳池、地铁就发生过成年人或同龄人性侵男孩的案件，所以男孩们也要提高预防性侵的意识。

最后要提醒大家，万一遇到类似的事，一定要明白这是身体侵犯，一定要严词拒绝，一定要告诉家人，及时报警，平时要了解一些身体成长中的秘密和自我保护的知识，避免性侵发生。

知法·小达人

《中华人民共和国义务教育法》

《中华人民共和国义务教育法》是为了保障适龄儿童、少年接受义务教育的权利，保证义务教育的实施，提高全民族素质，根据宪法和教育法而制定的法律。

第二条　国家实行九年义务教育制度。

义务教育是国家统一实施的所有适龄儿童、少年必须接受的教育，是国家必须予以保障的公益性事业。

实施义务教育，不收学费、杂费。

第四条　凡具有中华人民共和国国籍的适龄儿童、少年，不分性别、民族、种族、家庭财产状况、宗教信仰等，依法享有平等接受义务教育的权利，并履行接受义务教育的义务。

第五十八条　适龄儿童、少年的父母或者其他法定监护人无正当理由未依照本法规定送适龄儿童、少年入学接受义务教育的，由当地乡镇人民政府或者县级人民政府教育行政部门给予批评教育，责令限期改正。

第五十九条　有下列情形之一的，依照有关法律、行政法规的规定予以处罚：

（一）胁迫或者诱骗应当接受义务教育的适龄儿童、少年失学、辍学的；

（二）非法招用应当接受义务教育的适龄儿童、少年的；

（三）出版未经依法审定的教科书的。

《中华人民共和国未成年人保护法》

第十三条　父母或者其他监护人应当尊重未成年人受教育的权利，必须使适龄未成年人依法入学接受并完成义务教育，不得使接受义务教育的未成年人辍学。（本法条2020年10月修订为："国家建立健全未成年人统计调查制度，开展未成年人健康、受教育等状况的统计、调查和分析，发布未成年人保护的有关信息。"2021年6月1日起施行。）

《中华人民共和国刑法》

第二百四十条　拐卖妇女、儿童的，处五年以上十年以下有期徒刑，并处罚金；有下列情形之一的，处十年以上有期徒刑或者无期徒刑，并处罚金或者没收财产；情节特别严重的，处死刑，并处没收财产：

（一）拐卖妇女、儿童集团的首要分子；

（二）拐卖妇女、儿童三人以上的；

…………

（五）以出卖为目的，使用暴力、胁迫或者麻醉方法绑架妇女、儿童的；

（六）以出卖为目的，偷盗婴幼儿的；

（七）造成被拐卖的妇女、儿童或者其亲属重伤、死亡或者其他严重后果的；

（八）将妇女、儿童卖往境外的。

拐卖妇女、儿童是指以出卖为目的，有拐骗、绑架、收买、贩卖、接送、中转妇女、儿童的行为之一的。

《关于依法惩治性侵害未成年人犯罪的意见》

我国法律对儿童实行特殊优先保护，凡是性侵儿童的犯罪都要依法严惩，2013年10月24日，最高人民法院、最高人民检察院、公安部、司法部联合下发**《关于依法惩治性侵害未成年人犯罪的意见》**规定：对于性侵害未成年人犯罪，应当依法从严惩治。

读书感悟